Wendelin Toischer

Aristotilis Heimlichkeit

Wendelin Toischer

Aristotilis Heimlichkeit

ISBN/EAN: 9783337200763

Hergestellt in Europa, USA, Kanada, Australien, Japan

Cover: Foto ©Andreas Hilbeck / pixelio.de

Weitere Bücher finden Sie auf **www.hansebooks.com**

ARISTOTILIS HEIMLICHKEIT

HERAUSGEGEBEN VON

W. TOISCHER.

———

SEPARAT-ABDRUCK AUS DEM JAHRESBERICHTE DES K. K. STAATS-
OBER-GYMNASIUMS IN WIENER-NEUSTADT.

WIENER-NEUSTADT 1882.

DRUCK VON A. KLINGER. — VERLAG DES HERAUSGEBERS.

Die deutschen Bearbeitungen der Secreta secretorum des Aristoteles*) haben bisher wenig Beachtung gefunden. Während Bearbeitungen in anderen Sprachen längst ediert sind,**) sind die deutschen nur gelegentlich in den Verzeichnissen der Hss. der Bibliotheken erwähnt; das Ausführlichste darüber findet sich in einer Anmerkung von Josef Haupt in seiner Abhandlung Über das md. Arzneibuch des Meisters Bartholomäus, Sitzungsberichte der Wiener Akademie phil.-hist., LXXI, 514 f.

Ich gebe im Folgenden jene Bearbeitung, welche sich V. 46 selbst *Aristotilis heimlichkeit* nennt. Sie findet sich in

a) Cod. August. Fol. 211 der herzoglichen Bibl. in Wolfenbüttel, (Perg, XIV. Jahrh.) auf fol. 185° — 204, vorhergeht die Alexandreis Ulrichs von Eschenbach. Durch gütige Vermittlung des Herrn Prof. Ernst Martin konnte ich die Hs. im Winter 1876 in Prag benützen. Später konnte ich meine Abschrift mit der von Herrn Prof. Jul. Zacher vergleichen. Beiden Herren, sowie der Bibliotheksverwaltung von Wolfenbüttel kann ich jetzt auch öffentlich meinen Dank aussprechen. Die Hs. ist zweispaltig geschrieben mit je 40 Versen in einer Spalte. In den Text sind einzelne rothgeschriebene Capitelüberschriften eingefügt, aus einer solchen (vor V. 25) hat Koch, Compendium I, 104 den Titel für das Werk genommen *wie sich künege halden sullen* und unter diesem Titel ist dasselbe auch angeführt bei v. d. Hagen, Grundriss 221 und J. G. Grässe, Lehrbuch einer allgemeinen Litterärgeschichte III, 1, 453.

b) der Hs. 2984 der k. k. Hofbibliothek in Wien, (4. Pap. XV. Jahrh.) fol. 182ᵃ — 244ᵇ, s. Hoffmann, Verzeichnis der altdeutschen Hss. der k. k. Hofbibliothek in Wien, S. 174 ff. Am Schluss der Heimlichkeit findet sich mit rother Tinte eingeschrieben: *Hie haut dys büch ain end vnd ist ain ler von arystotiles die er wiset den grossen küng alexander vnd ain yettlich fürsten nach jm kommen ist Anno domini MCCCCLXIII jar vf fritag vor wichenechten ward es vsz geschriben.*

Das Gedicht gehört jedenfalls dem XIV. Jahrh. an. Über den Verfasser wissen wir nichts, als was wir aus dem Werke selbst erfahren. Ein Name ist nicht genannt. Er übersetzte aus dem Lateinischen, war aber freilich kein großer Gelehrter. Er hält sich größtentheils sclavisch an das Original***), so sehr, dass sein Deutsch

---

*) Über dieses pseudo-aristotelische Werk, das nur lateinisch vorhanden ist, s. V. Rose, Aristoteles pseudepigraphus 583; Pauly, Real-Encyclopädie I, 809. E. v. Kausler, Denkmäler altniederländischer Sprache u. Lit. III, 290.

**) Das Werk war im M. A. sehr verbreitet und wurde in fast alle Sprachen Europas übersetzt (s. Kausler a. a. O. 294 und die dort citierten Schriften). Am bekanntesten ist die dem J. v. Maerlant, dem vader van de dietsche dichtkunst, zugeschriebene Bearbeitung, herausgeg. v. Kausler a. a. O. II, 463 ff. Vgl. Jonckbloet, Geschichte der niederländischen Lit., übersetzt von Berg I, 228 239 und Zachers Z. f. d. Ph. I, 170.

***) Ich kann auf eine Vergleichung mit diesem hier nicht näher eingehen, vielleicht kann ich das ein andermal, bis auch die andern deutschen Bearbeitungen und auch die Secreta selbst gedruckt vorliegen: letzteres wäre sehr wünschenswert, denn das Werk ist von großer Bedeutung für das M. A., und die alten Drucke sind sehr selten.

manchmal unverständlich*) wird (vgl. 1511 fg. 1903 ff. u. a.) und an Missverständnissen fehlt es auch nicht. So steht z. B. im Lateinischen nicht der Widerspruch, dass in Indien alljährlich einmal alle Gefangenen befreit (725) und an demselben Tage an den Übelthätern Exempel statuiert werden (755), sondern dort heißt es nur, man pflege *minus reos de carceribus emancipare*. Die neue Thiergattung *tripliteries* (2867, aus dem Adj. *terribiles* entstanden) zeigt gerade auch nicht von Scharfsinn des Dichters. Wenn wir auch annehmen müssen, dass sein Text an der Stelle verderbt war, so hätte er ja das Wort auslassen können. Hat er doch sonst auch alles ausgelassen, was ihm zu schwer war — gerade die Stellen gaben ihm Gelegenheit, von sich zu sprechen.

1461 ff.: Anderes kann ich nicht verdeutschen, es ist zu schwer.

1579 ff.: Wie einer erkennt, ob er einen guten Magen hat, das soll *zu latine* stehen bleiben, *daz sin ein leie icht lache.*

1673 ff.: Was da von *arzdie* steht, kann ich nicht übersetzen, ich müsste dazu Worte finden, die *unvernemelich* wären — ähnlich 1790 ff.

1821 ff.: Ich kann davon nicht viel sagen, *so groz ist dirre kunste hort, daz en versmahn leiliche wort* (deutsche Worte — im Gegensatz zur Sprache der Kirche).

1926 ff.: Ich muss das Schwierige übergehen und wende mich zu dem, das *ein leie wol ervint.*

2915 ff.: Der Mond sei so oder so, *daz ist den leien alzu ho*, wer es wissen will, der frage einen, der es versteht.

2999 ff.: Ich will nichts mehr davon *ungelarten luten* verdeutschen. Ich hatte *durch lust* mir vorgesetzt, einen Theil dieses Buches allen edlen Fürsten zugänglich zu machen: nun möge jeder, der das Buch sieht oder vorlesen hört, *mir des besten jehen* und *mine wort besniden*, wenn sie nicht *slecht* und *nicht geordent recht* sind. Wenn es jemand besser gemacht hat, *min gruz si im unversaget*, denn er hat großen Dank verdient. Wer *nicht durch rum noch durch gift* etwas gutes macht, sondern *durch rechte lere*, der verdient *pris und ere — Durch des sinnes ubunge bracht ich in dutsche zunge was einem fursten zugehort* . . . .

Der Verfasser unseres Gedichtes hat dies also nicht verfasst, um Ruhm oder Geld damit zu verdienen, sondern sich zur *lust* und wegen seines *sinnes ubunge*, und um andere zu belehren. Er war demnach kein Dichter von Beruf. Er rechnet sich selbst zu den Gelehrten und stellt sich den *leien* gegenüber, war also wohl ein Geistlicher. Damit stimmt anderes überein. Das Eingangsgebet scheint fast nach einer Litanei zu allen Heiligen gearbeitet (zu beachten V. 2. 7. 23—24). V. 1671—72 sind eigener Zusatz, ebenso 657—59 *(geistlich volc er eren sal)* und 1284 ff. gegenüber ist im Original auch nicht von *pfafheit* die Rede (nur: diligentia studentium et probitas sapientium).

Dass er auch in deutscher Literatur nicht unbewandert war, zeigt eben das Eingangsgebet (Wackernagel, L. G.³ 191), traditionell ist ebenso jene Bitte am Schluss, die *wort zu besniden*, wenn sie nicht *slecht* sind, ferner der gehäufte Reim am Ende des Gedichtes. Nur wo es Naturschilderungen gilt (981 ff.), hat er sein Original einmal verschönert, wenn ich nicht auch noch den Zusatz eines Sprichwortes heranziehen soll, 841 fg.: *der sele lust entspringet wenn die seite irclinget*. Auch dass das Gedicht, wenn nach V. 2835 wirklich ein Verspaar fehlt, ohne den Schluss gerade 3000 Verse enthält, ist zu erwähnen.

---

*) Das wichtigste lexikalisch Interessante ist für die Nachträge bei Lexer verwertet. Die Zählung stimmt nicht mit meiner jetzigen, zu den Zahlen bei Lexer sind nach 736 zehn, nach 1500 110 (114) V. hinzuzuzählen.

Der Dichter der Heimlichkeit war also wahrscheinlich ein Geistlicher, auf literarischem Gebiete ein strebsamer Dilettant. Das ist auch wichtig für die Beurtheilung des Textes.

Die Sprache ist md. Das zeigen die Reime *besteit : treit* 1830. *lobe : gobe* 29. 2285. 2581. *bekentnis : sinnis* 2040. *lere : were* 223. *weren : verkeren* 1687. *gerde : swerde* 229. *er : ummer* 410. *swer : ger* 697. *sere : swere* 1178. *besweret : verheret* 3045. *vernemen : remen* 247. *schemet : remet* 2289. 2617. *ubertrete : gewete* 684. *bete : stete* 1261. *schelde : selde* 2360. *versmehn : besehn* 2146 *: ersehen* 2211 *: geschen* 1138. *versmet : stet* 640. 913. — *diet : git* 331. *Esculapii : wie* 921. *gebieter : striter* 703. *dir : tier* 2861. häufig *die (= dir) : hie* 283. 317. 1794. 1925. 2081. *: sie* 941. 1112. 1190. 2450. *: vie* 2009. *wi (= wir) : si* 1516. — *getun : sun* 199. *tu : du* 2447 *: ju* 1859. *sus : muz* 1415. *zu : du* 1. 1543. 1649. u. ö. *zu : nu* 2541 *: ju* 1417. 2177. *stunde : blunde* 122. *huwen : untruwen* 2409.

Consonantisch ungenaue Reime finden sich nur *gesteine : teile* 49, dann s : z, r : rr, e : en. *uz : hus* 105. 2157. *was : daz* 1355. 2178. *az : was* 1541. *was : saz* 2055. *saz : gras* 2477. *sus : muz* 1415. *struz : hus* 2393. *diz : is* 641. *verderbnis : diz* 825. *wizze : misse* 505. *gewisse : bizze* 1359. — *herren : leren* 871. 935. 2169. 2249 *: keren* 1639 *: eren* 2169. 2671 *: neren* 2241. — *begerunge : verdrungen* 205. *samenunge : entsprungen* 1160. *erde : werden* 1981. *sterben : erbe* 323. *brechen : spreche* 949. *riche : vorblichen* 412. *bege : sten* 1325. *me : gen* 1224. *verste : ergen* 224. *beger : gewern* 792.

Für den Dichter waren die meisten dieser Reime ganz rein, denn s und z sprach er jedenfalls schon gleich, die Formen auf -en (meist Infinitive) sprach er ohne n (Weinhold, mhd. Gr. 355). So sind die angeführten Reime beweisend, dass der Dichter wirklich md. schrieb und da die ältere und bessere Hs. (beide Hss. sind unabhängig von einander und stehen beide nicht allzu weit vom Original ab) in dieser Mundart geschrieben ist, so ergab sich der Grundsatz, dieser in allem zu folgen und von ihrer Lesart nur abzuweichen, wenn bestimmte Gründe es verlangen. Nur habe ich i und j, u und v und w auseinandergehalten, für cz tz resp. z geschrieben und im Auslaut, wo die Hs. zwischen k und c wechselt, c durchgeführt: dass im Original c gestanden, beweisen auch Schreibfehler der Hs. b wie 2043 *creftig* für *creftit*. Auch wo z für s steht, habe ich es mit diesem vertauscht, aber nicht umgekehrt z für s geschrieben. Für das durchweg erscheinende *unde, umme* habe ich nach Bedürfnis des Verses *und* oder *um* geschrieben, ebenso für *alle* häufig *al*, für *kunic kuniges* u. dgl. *kunec, kuneges*. Über alle anderen Abweichungen geben die Lesarten Rechenschaft: ich fürchte nur, allzu viel namentlich aus *b* angeführt zu haben. Wo dem Sinne nach ein Zweifel zwischen beiden Hss. walten konnte, gab fast immer das Original die sichere Entscheidung, doch habe ich nicht über die Überlieferung hinaus nach diesem bessern wollen, denn auch nach dieser Seite lag die Gefahr zu nahe, den Dichter zu corrigieren. Diese Gefahr lag auch in sprachlicher und metrischer Beziehung nahe. Es hieße den Dichter verbessern, wollte man nach einzelnen Anhaltspunkten, wie sie die Reime geben, bestimmte Formen consequent durchführen, z. B. nach *bekentnis : sinnis, Ipocratis : ratis* die schwachen e mit i vertauschen. Ich blieb beim Schwanken der Hs. ebenso wie im allgemeinen in der Eliminierung oder Beibehaltung des h im Inlaut; obschon feststeht, dass diese nach nhd. Art vom Dichter nicht mehr hörbar ausgesprochen wurden, sind sie doch wahrscheinlich vielfach von ihm noch geschrieben worden, ebenso wie er ie gewiss als 1 gesprochen, aber vielfach ie (für mhd. 1 und ie) geschrieben hat. Ich blieb auch da bei der Hs. Noch mehr war das gegenüber einzelnen Verbalformen etwa geboten. *is* reimt auf *diz* 642 *: blipnis* 799, *verterpnis* 2609, *bekummernis* 2766, aber auch auf *Crist* 85 :

vist 486. 665. 884. 967. 1070 1288. 1507. 1667 u. ö. : *mist* 1795. Daneben habe ich im Innern des Verses auch *es* (s. Weinhold 347) stehen lassen, denn das Fehlen eines Reimes kann Zufall sein. Und überhaupt leisten die Reime bei diesen späten Werken nicht mehr a l l e die Dienste, wie in der Blütezeit der mhd. Dichtung. Die Kunst der Dichter ist gering, die Reimnoth groß (wie oft erscheinen da Flickwörter, im vorliegenden am auffälligsten das *jo,* *ju*), in der Auswahl des Sprachmaterials sind sie da nicht sehr genau. Neben dem eigenen Dialect liegen die großen Werke der Blütezeit und andere nahe. Was man bei Otfried nachgewiesen hat (Th. Ingenbleek, Über den Einfluss des Reimes auf die Sprache Otfrieds Q F. XXXVII) gilt in mancher Hinsicht auch von den Dichtern der nachmhd. Zeit. Bei gleichem Ungeschick stehen sie nur einer „gebildeten Sprache" gegenüber: aber die größten, immer bewunderten Werke sind in einer Mundart abgefasst, die von der ihrigen vielfach abweicht, die aber in den umlaufenden Hss. von den Schreibern mehr oder weniger verderbt ist, so dass vielleicht die Reime sehr oft mit dem übrigen in Widerspruch stehen. Sollten sie da nicht auch Reime nehmen, wie und wo sie sie fanden? Vollends bei Dichtern, die sich größere Reimungenauigkeiten gestatten, etwa *komen : boumen, sagst : magt, lan : troum, kan : hat* binden, heißt es sich und dem Leser die Zeit verderben, wenn man über vereinzelte vom streng mhd. Standpunkte aus nicht ganz genaue Reime seitenlange Betrachtungen anstellt.

Das gilt bei unserem Gedicht zunächst von der Quantität. Reime von *an : dn* (ich zähle 32), *ar : dr* (16) *at : dt, lich : -ich* u. a. beweisen gar nichts. Für die Entscheidung der Frage, ob der Dichter noch die mhd. Quantität beobachtet hat, sind nicht einmal zweisilbige Reime entscheidend, wie *ervarn : warn* 71. 859. *jaren : ervarn* 1127. *gebaren : bewaren* 2893. *vragen : wissagen* 2931. *wage : vertrage* 1027. *uneren : beweren* 1373. *verkert : gewert* 2301. Denn an sich wäre Synkope möglich. Sprach doch der Dichter viele Worte mit inlautendem h einsilbig aus *(widerstet : versmet* 640. *geschen : versmen* 1137) und sind starke Synkopen auch sonst bezeugt. Der Vers gibt da jedoch sichere Entscheidung.

Im Gedichte finden sich nur Verse mit 3 Hebungen und klingendem, 4 Hebungen und stumpfem Schluss. Es findet sich kein Vers von 3 Hebungen mit einsilbigem Schluss, wohl aber mit (vom mhd. Standpunkt) zweisilbig stumpfem: da muss also Dehnung des Stammvocals eingetreten sein. 29 *den bite ich im zu lobe | um drierleie gobe,* ebenso wie 125 *und wiste gliche stege | uf die rechten wege.* Klingende Reime sind darnach *tage : sage* 753. 1719 : *trage* 664. *vollage : zage* 2339. *schamen : namen* 550 *pflege : wege* 423. *pflegen : erwegen* 303 : *gewegen* 1023. *wesen : gelesen* 1931 u. a. Andererseits hat aber auch kein Vers mit echt klingendem Ausgang 4 Hebungen*) und daraus folgt, dass der Dichter auch vielfach noch die mhd. Kürze innehält. Stumpfe Reime sind: *habe : abs* 2277. *sage : tage* 271 : *bejage* 2831. *behage : tage* 2657. *behagen : bejagen* 2197. *vertragen : erslagen* 1115 : *sagen* 507. *leben : geben* 2899. *gegeben : leben* 735. *gelegen : pflegen* 937. *pflegen : erwegen* 1749. 1809 : *wegen* 2905. 373. *gewesen : lesen* 1327. *sehen : geschehen* 1383. 1401 : *jehen* 213. *ungetrigen : gestigen* 143. *site : mite* 2593. 1239. *siten : vermiten* 1841 : *besniten* 2891. *gelobet : tobet* 15. *kumen : vernumen* 131. 2531 : *genumen* 2733. 2153. *jugent : tugent* 1157. *muge : tuge* 39. Es sind sonach theilweise dieselben Reime einmal klingend und einmal stumpf**) und es erscheint unmöglich, im Innern des Verses in j e d e m Falle zu entscheiden, ob eine Silbe kurz oder lang ist, unmöglich die Längebezeichnung

---

*) V. 935 ist O zu tilgen; 1857 l. sim, 1858 kunec..

**) Vgl. Rieger, Leben d. hl. Elisabeth S. 24 „Die Kürze war durch die literarischen Vorbilder des Dichters empfohlen, die Länge durch die Mundart, die er hörte und sprach".

durchzuführen. Andererseits wird durch das Festhalten an zweisilbigem stumpfem Reim auch die zweisilbige Hebung im Versinnern wahrscheinlich. Doch ehe ich darauf eingehe, will ich erst jene Mittel berühren, durch die die Durchführung der Einsilbigkeit von Hebung und Senkung erleichtert wird.

Zunächst die Synkope. Dadurch werden schon einige scheinbare Ausnahmen von der oben aufgestellten Regel, dass sich kein Vers von 4 Hebungen mit echt klingendem Schluss finde, aufgehoben. Denn bei *hern : kern* 689. *sterkt : merkt* 389. *houbt : unvertoubt* 519. *guzt : genuzt* 399 zeigt entweder die Hs. schon diese Formen, oder die Synkope musste durchgeführt werden. Es sind durch sonstige Reime namentlich die Synkopen von Verbalformen mit t hinlänglich bezeugt: *verblicht : nicht* 2630. *verkert : gewert* 2301. *vint : sint* 1920. 2001. *gelt : melt* 2620. *trost* (3. Sing.) *: trlost* 1883. Dazu kommen *geschict : bestrict* 2989. *entzuckt : geruckt* 1743. *tracht : geswacht* 2775. *beducht : erlucht* 2967. *erlucht : ervucht* 1501. *veraft : geschaft* 493. *geschaft : craft* 1003 u. ö. *schaft : ubercraft* 1042 *: veraft* 2585. *sent : volent* 2573. *geert : lert* 2093. *verkert : ert* 2143. *hort : getort* 2315. *unzustort : hort* 2759. *gehort : zustort* 3035. *gelit : gesit* 2939. *reist : heist* 2269. Darnach sind auch im Innern des Verses unbedenklich: *betracht* 1406. *blibt* 426. 1092. *brengt* 831. *ensluzt* 355. *ert* 759. *ercrigt* 532. *heizt* 1598. 2082. *cleit* 2051. *nimt* 393. *schribt* 922. 1925. *scheit* 2048. *wert* 2828. *twingt* 1185. *vint* 1401. *vlizt* 765. *wechst* 787. Nach 907 *man pinge in dar nach daz er si* habe ich 912. 2624 *pingen*, 1558 *reingen* geschrieben.

Apocopen finden sich im Reim *bracht : nacht* 2160. *ker : wer* 2835. *mer : Alexander* 1225. *ummer : er* 410. *swer : ger* 697. *erber : ger* 2567. *zwar : offenbar* 751 u. ö. *: dar* 2715 *: gar* 2643 *: jar* 1423. *mit : trit* 1301. 830. Im Versinnern die Dative *teil* 1470. *lib* 1566 *wotsac* 2479. *mul* 2429 u. a., der Plural *lut* 700. 707. 945. 1358. 1535. *erst, zwar, sim, dim* u. dgl. *erbarm* 2512. *sant* (Praet.) 1342. *antwurt* (Praet.) 2434. u. a.

Viel ausgebreiteterer Gebrauch ist von der Elision gemacht: bei unserm Dichter k a n n ein j e d e r Vocal an jeder Stelle des Verses vor folgendem Vocal ausgestoßen, resp. mit dem folgenden verschleift werden. Beispiele dafür sind sehr reichlich. Der Hiatus ist übrigens nicht überall vermieden.

Die Senkung fehlt innerhalb eines mehrsilbigen Wortes: *tun die antwurte min* 240. *daz tut alders geschicht* 232. *von der natir gestifte* 1348. *von des richtumes zil* 298. *wer sin velschlich begert* 537. *vluch jo vleischliche lust* 595. *von ir truntlichen hant* 1343. *daz erbere blipnis* 799 (zwei Senkungen fehlen). *alles ertriche* 150. *ot dem totere* 1124. *in irm jarbuche* 1132 (je fünf Silben!) *an die ubeltetere* 756. *der der lerninden dit* 331. *meisterliche wisheit* 509. *vilichkeit und torheit* 397. *unde ist eine wisheit* 1921. *heimlichkeit macht vruntschaft* 585. *in lobelicher wisheit* 618. *wis er herre gutlich* 185. *er sal vragen erlich* 663. *ez enist nicht erlich* 1588. *an slafe ummezlich* 817. *du salt nicht sin grimmic* 807. *und ouch ungebougic* 808. *helfe in ir notdruft* 1256. *kein dinc ist ir swerlich* 1399. *ez ist ir allez kentlich* 1400. *sie erkennet geistlich* 2044.

Meist sind das also Zusammensetzungen. Aber die Senkung fehlt auch zwischen zwei Worten. *die sal ein wage sin* 219. *vier tage oder dri* 849. *waz tut ir werc bekant* 1282. *ob du des nicht vormacht* 183. *geistlichkeit hubscheit pflegen* 937. *biz daz got sendet not* 1122. *waz her nach kumftic si* 1431. *waz her nach sal geschen* 1384. *daz si got mac gewern* 1444. *beide heiz oder kalt* 1561. *und der boum vruchte* 997. *holzes nim aloes* 1634. *haz gebirt vorbaz* 562 (fünf Silben!). *lange miden den tot* 1595. *unde ruet der sin* 843. *wedir sitzen noch slen* 1978. *uf der erden man vint* 2001,

Nach diesem und den oben angeführten zweisilbig stumpfen Reimen brauche ich wohl nicht erst durch Aufzählung der einzelnen Verse zu beweisen, dass Worte wie *edel, gotes, tugent, rede* . . . . als Hebung verwendet werden. Selten sind die Senkungen, wo noch ein stummes e verschleift werden muss.*)

Wirklich zweisilbige Senkung darf man kaum annehmen. Einigemal muss freilich Synkope des Praefixes *ge* eintreten (*gwalt* 833); *mins dins, sins* gestatten sich auch die strengsten Dichter (Haupt z. Engelh. 44) und *werdn* (2257. 2118. 3045) *wurdn* (102. 1872. 2938) *undr* (1940. 1991. 2401) *einr* (? 1297) und ähnliches findet sich vor vocalischem Anlaut auch bei allen Dichtern (Lachmann z. Iw. 1026), die Verrohung besteht nur darin, dass die späteren Reimisten da auch vor consonantischem Anlaut Synkope eintreten ließen. Von den vielen Fällen, die Wackernell, Hugo von Montfort CCXXI ff. für zweisilbige Senkung bei späteren Dichtern anführt, ist in fast allen (die Ausnahmen lassen sich theilweise leicht anders lesen) ein auslautendes *en*, *er* oder *el* ohne e zu lesen, bei vielen folgt sogar vocalischer Anlaut!

Der Auftakt ist ein- oder zweisilbig oder fehlt ganz.

Den Dichter der Heimlichkeit zu den Silbenzählern zu rechnen wird nach all dem wohl niemand einfallen. Dennoch aber finden sich Fälle, wo es scheinen könnte, als nehme er auf die alten Principien der Metrik keine Rücksicht mehr. Außerhalb der Betonungsgesetze stehen bei ihm (und nicht bei ihm allein) die Eigennamen und Fremdwörter. Er betont nach Bedarf *Aléxandér, Álexánder, Alexánder* (zu Anfang des Verses) und *Álexándér* (: *her* 1087), so auch *Aristótilés, Aristotiles* und *Aristótilés, Hermógenés, Philipús* u. a. Diesen schließen sich die Fremdworte an *réubarbárum* 1635 u. a. (s. Lachmann kl. Schr. I, 383). Wenn Hartmann (Lachmann z. Iw. 4705 Er. 1630 ff.) und Konrad (Haupt z. Engelh. 444 *Paulús, Evá*) die Namen mit dem Vers nicht in Einklang bringen konnten, so konnten es die Nachfolger noch viel weniger: Hesler gesteht den Eigennamen ausdrücklich eine Ausnahmsstellung zu (Germ. I, 195.)

Versetzte Betonung tritt namentlich zu Anfang des Verses häufig ein, am häufigsten in Compositis: *kouflüte ert man da sere* 769. *girhelt man lichte wirt gewar* 372. *heimlichkeit die verborgen ist* 486. *ieglichem nach siner werdekeit* 294 (kaum *sinr*).

Doch auch im Innern des Verses: *ich wolde dir antwürten so* 1211. *got ist ein recht richtére* 2462 = 2494. *und al diner bégerunge* 205. (vgl. Germ. XI, 445) sogar *geréchtekeit sol gésatzt sin* 1923 (*gérechtékeit?*) *er es von gutém geslechte* 492 (*der gutn?*)

Eine vollständige Aufzählung ist mir wieder nicht möglich. Ich bitte zu entschuldigen, dass ich auch im Voranstehenden nicht alles vollständig ausführte; citierte, wo die Verse anzuführen waren; bloß behauptete, was weiterer Begründung bedarf: alles geschah aus Raumersparnis. Als schon der Druck begonnen hatte, wurde mir der Platz neuerdings verkürzt, es galt also in möglichster Kürze viel zu sagen.

16. 6. 82.

W. Toischer.

---

*) Für *oder* habe ich da gewöhnlich *odr* geschrieben (*daz heize spise odr heize zit* 1565), ein *od* wagte ich nicht.

O hoer got, du einic du,
din riche kum uns allen zu.
o schepfer aller dinge,
al unser leit vordringe.
5 o aller wunder wunderer,
din ore zu mir kere her,
hore min bete und min vle.
Maria, mutir ane we,
du mir ouch genedic sie
10 und laz mir dine hulfe bi.
ich bite aller engele trucht
umme kunst und rechte zucht.
die patriarchen rufe ich an
daz sie mich beschouwen lan
15 daz lant, daz en was gelobet,
dar nach ie min herze tobet.
die aposteln mane ich ho
daz sie mich erluchten so
als sie tet der heilegeist;
20 des beger ich aller meist.
die bichtegere sere
bite ich um rechte lere.
al juncvrowen gemeine
bite ich um kuscheit reine.
25   Der aller dinge hat gewalt,
der die sterne hat gezalt,
dem alle samenunge
singt in lobes zunge;
den bite ich im zu lobe
30 um drier leie gobe:

wen wer icht gutes machen sal
der muz han der drier zal,
die an der drivaltekeit
lit in gotes einekeit.
35 die almacht des vatirs ist,
so hat die wisheit Jesus Crist,
gutwillic ist der heilegeist:
der drier ger ich volleist,
daz ich wolle unde muge
40 und kunne machen daz da tuge
ein buch in dutscher zunge,
wie ein vurste junge
sin leben sulle halden
und ganzer tugende walden.
45 ouch vursten sie diz buch bereit,
ez heizt Aristotilis heimlichkeit.
den snoden si iz umbokant:
ez ist gar ubele bewant
wo edele gesteine
50 den swinen wirt zu teile.
   Alhie wil ich heben an
und sagen, so ich beste kan,
wie von arabischer zungen
diz buch si entsprungen.
55 in alten geziten so
was ein meister der hiez Gwido.
der quam in Antiochia.
dis selbe buch was alda,
in arabischer sprach er ez vant.
60 ein meister, Philippus genant,

den bat er also sere
daz er durch sin ere
vil wol dis selben buches hort
brachte in latinsche wort.
65 wie ez von erst gemachet si
daz sult ir wizzen alhie bi.
do der künec Alexander
die werlt betwanc noch siner ger,
do sante er (gelobuet des)
70 nach meister Aristotiles,
wan er wolde an im ervarn
vil lere, die vorborgen warn;
iedoch das alder im benam
daz er nicht zu hove quam,
75 doch wolde er nicht lazen
er wolde etlicher mazen
des kuneges worten volgen,
daz er wurde icht erbolgen
uf in. um sulche sachen
80 dis buch begonde er machen
in sprichworten wunderlich.
sin rede die was heimelich.
were die kunst bloz und nact
und den tummen gar entact,
85 so wurde ir nimant achten:
daz muste er betrachten.
heimlich wolde er leren
Alexandrum den heren,
wie er des riches wilde
90 und sin gesunt behilde,
wie er rechte nente
die planeten und erkente.
diz buch beslust zehen buchelin,
ander houptteil dar inne sin;
95 wer die suchet, als er sol,
der vindet sie hier inne wol.
nu wil ich sagen mit der vart
wie diz buch erst vunden wart.

ein cluger meister hiez Johan,
100 der het sich daz genumen an
daz er zoch in verre lant,
wo im die stete wurdn bekant,
dar in die alden clugen
ir heimlich kunst betrugen.
105 also lange vur er uz
biz er quam in ein bethus,
in den tempel der sunnen.
do was er so versunnen
daz er da bat alzuhant
110 ein alden man, den er da vant,
um des tempels heimlichkeit.
die wiste er im gar sunder leit.
da was daz buch vil here,
daz er durch vursten ere
115 brachte in wort von Arabi,
(von erst was ez den Criechen bi)
wan er mit einem munde
die beide sprachen kunde.
Aristotiles (als ich ez las)
120 der andern vursten meister was.
wie sin leben stunde
an allen tugenden blunde
daz muget ir horen gerne.
er was ein leitesterne
125 und wiste gliche stege
uf die rechten wege.
gutes rates er ie pflac.
an kunsten luchte er so der tac.
sin vernumft was uberscharf,
130 nimand noch sin schimpen darf.
er was ein man gar vollenkumen.
als ir dicke habt vernumen,
die alden sprachen daz verwar
er were ein prophete zwar.
135 auch vint man in der alden schrift,
diz ist nicht ein lugenstift:

63 des *b*   64 Brechte — lattines *b*   65 Vnde wie *a* von *fehlt b*   66 sullent *b*
67 Daz *a*   68 wällt bewant nach *b*   71 wollt — erfaren: waren *b*   75 wolt *b*
76 etelicher *a*   78 nicht würde *b*   79 solich *b*   80 er zu *b*   81 spruch
worten *b*   82 Dysse red wasz *b*   83 die *fehlt b* nacket *a* nakett *b*   84 entacket *a*
entakett *b*   85 würd *b*   86 müst *b*   87 Heimelich *a*   88 herren *b*   90 sinen *ab*
91 recht *b*   93 beschlusset sein büchlein *b*   94 Anne der *b*   95 sie *b*   98 Wie
des ersten *b*   99 clug *b*   100 hatte *b*   102 *Von* wurden *ab*   103 inne *a*
104 heimelich *a* himell kunst *b*   105 lang *b*   106 bättehusz *b*   108 Nu *b*
109 da *fehlt b*   110 Einen, man *fehlt a*   111 tempeles heimclichk. *a*   113 daz
fehlt a   115 Brechte *b*   116 den *fehlt b* richen *a* cristen *b*   118 sprauch *b*
Vor 119 Hie sage wir aristotilis lobe *b* Wi er an kunst lac allen meistern obe *a*
122 aller tugend blömde *b*   124 luttesterne *b*   125 wist glich *b*   127 er jo *b*
128 lucht *b*   129 Sine *a* vernunfft *immer b*   130 uyeman — schimpffen *b*
131 volkomen *b*   132 dyk *b* vnumen *a*   135 vindett — geschryfft *b*

im sprach gotes engil zu
'mit nichte bist ein mensche du,
du heizt billich ein engel.'
140 der saldenriche stengel
entsproz in Macedonia.
man sprach von sime tode da
(des geloubet ungetrigen)
er sie zu himele gestigen
145 in einer sule vuerin.
ez mac der warheit glich sin.
    die wile er was uf erden
Alexandro dem werden
diente vollecliche
150 allez ertriche,
alle lute uber alle lant,
wo sin name was bekant:
wer ouch sin gebot vernam,
der huldete als im gezam.
155 do er daz volc von Persia
hatte gar betwungen da
und die grosten gevangen
und sulches vil begangen,
er tet nicht als ein tummer gif,
160 sinem meister sante er einen brif,
der was geticht zu prise
in sulcher worte wise
'O lerer erebere,
der gerechtekeit schickere,
165 in diesem brive an dirre stunt
tu ich diner wisheit kunt
und dir recht bedute,
in Persia vil lute
haben gnuc der redesamekeit
170 und der vernumft durchsichtekeit,
die vil sere criegen
wie sie ander uberstiegen.

sie wolten mit iren sinnen
ein kunicrich gewinnen.
175 wie diz dinc gevalle dir
daz entput erwider mir.
    Nu horet wie der meister
        sprach,
do er den brif ubersach.
machtu wazzer unde erde
180 und luft nach diner gerde
dar zu iegeliche stat
verkeren, tu ez, daz es min rat;
ob du des nicht vormacht
so tu als ich habe gedacht:
185 wis er herre gutlich,
irhore ir bete mildeclich,
so wil ich des gelouben han
sie werden dir gar undertan.
Alexander des nicht enliez
190 waz in sin hoher meister hiez,
er schicte vil drate
alle dinc nach sime rate.
von der rede geschach ez da,
daz selbe volc von Persia
195 dem kunege baz gehoric wart
wen ie kein volc von vremder
        art.
    Alexander an maneger stat
Aristotilem zu im kumen bat.
vor alder mocht erz nicht getun.
200 er schreip im sus 'o werder sun,
o rechter keiser unde rich,
der hohe got bestete dich,
zu erkennen gebe er dir den wec
der warheit und der tugende stec
205 und al diner begerunge
sie vilich lust verdrungen,

---

138 nicht ain mensch byst *b*   139 heizest *a*   140 rych *b*   142 Von
seinem tod sprach man do *b*   143 geloubent ungetrogen *b*   144 ist gen himel *b*
145 sulen fein *b*   149 f. Alles ertrych dient willenclich   151 lütt *b*   152 Wann
sein nam ward *b*   154 huldet *b*   156 Hette — bezwungen *b*   158 *vor* 157 *b*
160 sant er ain *b*   162 söilcher *b*   *Vor* 163 Hie schreip kunig alexander Aristotili
alle sine ger *a*   163 erbere *a* (O doctor egregie rector justitiae)   165 disen
brieff an diser *b*   167 rechte *ab*   169 Hand genug d. redsam. *b*   171 triegen *b*
172 andre *b*   173 eren *b*   174 kvnicriche *a* küngrych *b*   176 Das lausse
mich wissen schier *b*   *Vor* 177 Dem hochgemuten alexandro Wider schreip Aristo-
tiles also *a*   Nvn hörend *b*   179 w. vff erden *b*   181 yeglich *b*   182 ist *b*
183 dz nicht vermast *b*   185 Bys ir herr *b*   186 Er hör ir bett *b*   190 jm *b*
hoher *fehlt b*   191 schikt *b*   193 red *b*   194 Daz das volk *b*   195 küng *b*
196 Wann *b*   *Vor* 197 wie aristotiles wisen rete Antwurten alexanders bete *a*
197 mancher *b*   199 er ez *b*   202 herre *b* bestetige *a* (confirmet)   203 geb
dir got *b*   204 tugent *b*   205 Von deiner *b*   206 viliche *a* vintlich, verdrunge *b*

1*

so muze din rich meren:
im zu dienste und zu eren
dinen sin er erluchte
210 und mit genaden vuchte.
do ich dinen brif entphienc
mit vreuden ich in anevienc.
der selbe brif begonde jehen
wie du mich gerne woldest sehen
215 und schuldest mich vil sere
warum ich din entpere.
durch daz begonde ich mit der
    vart
dise regele machen ungespart.
die sal ein wage sin
220 aller guten werke din.
entphach sie nu an miner stat.
ich schribe dir al minen rat
und alle mine lere,
als ob ich bie dir were.
225 ich swere dir hie einen eit
daz ich dine hohe werdekeit
durch arc nicht vormide
sunder daz ich lide
an minem liebe swerde,
230 des mac ich dine gerde
noch din gebot ervullen nicht:
daz tut alders geschicht.
ein vrage die hastu getan,
do lit so groz wunder an,
235 daz ez von menschlicher art
vil kume ie begriffen wart.
wie mac man ez denn beduten
in totlichen huten?
doch muz ich uz der vrage din
240 tun die antwurte min.
got hat dir gegeben heil
dar zu vernumft ein michel teil,

din sin der ist gar endelich,
der schrift bistu kunstenrich
245 vil gar von der lernunge
die dir er gab min zunge:
machtu zeichenlich vernemen,
wiltu es mit vlize remen,
al dinen willen vindest du
250 in dem daz ich dir schribe nu
in einer rede wunderlich
bedact unde heimelich.
ich rede nicht offenbare.
daz tu ich durch dine vare
255 daz kein kundegere
ervare dise mere.
mir were ouch uz der maze leit
daz dise gotlich heimlichkeit
bekant wurde einem snoden man,
260 dem ir der hoe got nicht gan.
vil gar um sulche schulde
verbore ich gotes hulde.
macht ich kunt den snoden si-
    nen rat,
ez were ein groze missetat.
265 wer da meldet heimlichkeit
der blibet nimmer ane leit.
dich und mich bewache
got vor sulcher sache
und vor aller snodekeit,
270 als ich dir dicke habe geseit.
Ein ieglich kunic als ich sage
darf zweier helfe al sine tage.
die erste heizet mannescraft
und die wirt also geschaft,
275 wen der herre blibet ho
under den undertanen jo,
daz die undertanen man
den herren vor ein herren han.

von der lute ungehorsam,
280 die nie manne wol gezam,
wirt genidert herren vil,
die knechte treten an ir zil.
vurbaz wil ich sagen die
wie ein herre ercrige hie
285 daz sine man uf erden
im gehoric werden.
von zwen sachen kumet daz:
nu pruve unde bis nicht laz.
die erste habe ich vor geseit.
290 ein herre tugentlich beteit
tu uf seines schatzes schrin
und gebe den mannen sin
vlisclich und mit mildekeit
ieglichem nach siner werdekeit.
295 noch ist eine sache
die ich ouch lutber mache
her nach, wenne ich sagen wil
von des richtumes zil.
die ander hulfe ich nenne
300 daz man sie erkenne.
ein herre siner manne mut
reize jo zu werken gut.
zwo sachen sal erwegen
welch herre des wil pflegen.
305 gerechtekeit er halden sal
an sinen werken uber al.
nimand er verterbe
an gute noch an erbe
oder an pfenninc gulde,
310 die im gefallen sulde.
vil gar nach gerechtekeit
do tu er barmeherzekeit,
dar zu halde er der alten rat,
den got vil kunst gegeben hat.
315 dise heimlichkeit und anders vil
die da stet in dis buches zil,

hoher kunic, ich bevele die:
got den werden bite ich hie
daz er erluchte din vernumft
320 mit siner gnaden zukumft
daz du vernemest ane leit
dirre kunste heimlichkeit,
und nach mime ersterbe
sitze, min sun, min erbe,
325 daz du mit rechter witze
al mine kunst besitze.
des helfe dir got der riche,
der ubervluzzecliche
sin richtum gibet den clugen
330 daz en mac genugen;
der der lerninden dit
genade bekentnisse git.
gote ist nicht swere:
unmugelich ez were
335 daz man an in mochte
besitzen daz da tochte.
    Vierleige kunege findet man,
als ich uch sagen kan.
dise rede ist nicht wilde.
340 einer ist im selber milde
und dar zu den sinen
die im zu dinste erschinen;
der ander ist im selber karc
und ouch den allen sinen arc;
345 der dritte im selber milde tut
und hat den sinen kargen mut;
der vierde tut im karcheit
und sinen mannen mildekeit.
sus sprachen die Italici,
350 der kunic were lastirs vri
der im selber kerge truc
und gap doch sinen mannen gnuc.
daz volc Perse sprach hie wider
der kunec ist swach unde nider

280 nyman *b*   282 knecht *b*   283 dir *b*   284 herr *b*   287 zwain *b*
288 Nun *b*   289 hab *b* geseit *fehlt a*   292 gyb *b*   293 Flyssglich von *b*
295 ain *b*   297 Hie *b*   299 andere *a* andre bilf *b*   302 Kysse *b*   303 er jegen *b*
304 Welcher her daz *b*   305 haben *b*   307 Nimande *a* Nieman *b*   308 gut *b*
310 sulle *b*   312 Doch tut er barmhertzikayt *b*   313 halt *b* ralden *a*   315 Dys *b*
317 Her kung beuelhe ich *b*   318 ich *fehlt a*   310 er *fehlt*, dine *a*   320 genaden *a*
321 vernimest *b*   322 kunst *b*   323 meim sterben *b*   324 Siczet *a* Sytzett *b*
325 du *fehlt b*   326 mein *b*   327 rych *b*   328 uberflyssenlych *b*   330 in *b*
331 lernende *b*   332 Gnande bekentnüss *b*   333 Got *b*   334 Unmüglich das *b*
Vor 337 Von der kunige mildekeit Stet hi geschriben mit vuderscheit *a*   Vyer lay
küng *b*   338 gesagen *b*   339 red *b*   342 in *b*   dineste *a*   345 drytt *b*
347 karckeit *a*   348 myltykaitt *b*   350 kung wer lasters *b*   351 berge *b*
353 von persye *b*   354 kung *b*

355 der nicht entsluzt der milde
  schrin
 im selber und den mannen sin.
. sunder under den allen
 ist mir der missevallen
 der an im selber milde welt
360 und sinen mannen kerge helt.
  Nu muz man pruven alhie bie
 waz milde oder kerge sie,
 waz der milden irrunge
 und ouch ir abewesunge
365 schaden machet mangem man
 der ir nicht rechte walden kan.
 daz dinc zu strafen ist bereit
 waz von der mitteln maze scheit.
 behaldunge der mitteln zil
370 die hat grozer swerde vil,
 der obertrit ist lichte gar,
 girheit man lichte wirt gewar.
 dar umme wiltu milde pflegen,
 dine macht die saltu wegen;
375 die zit merk und benotekeit
 und aller lute wirdekeit.
 gib gabe nach den staten din
 den benoten die es wirdic sin;
 wer anders gibet der missetut
380 und heldet nicht der milden mut.
 wer den gibt die es nicht wirdic
  sin
 und die nicht drucket note pin,
 dem wirt do von kein lop geborn.
 den snoden geben daz ist verlorn.
385 der uber macht vergibet sin gut
 zu bitterm stade der armut
 kumet er vil endeliche,
 er ist ouch dem geliche

 der uber sich sin viende sterkt.
390 her kunic, dese rede merkt.
 der kunic rechter milde pflit
 wer gut gibt in note zit;
 des riche nimt in eren zu,
 sin gebot helt man ju.
395 der sich so halden kunde,
 man lopte in in aller stunde,
 er hieze milde und tugentrich
 und dar zu hiez er ouch
  mezlich.
 wer unordenlichen guzt
400 sin gut, hor waz ers genuzt:
 sin riche er verterbet,
 sin volc er abeerbet,
 sinen schaz er ouch zustrouwet
 (des sich ein snoder vrouwet)
405 und der gute leidic wirt,
 der mildekeit er doch entpirt.
 welch kunic gibet al zu vil
 der trift nicht der milden zil,
 ubergebisch heizet her;
410 zu lest wirt er ummer,
 unzemelich dem riche:
 sin ere muz vorbliche,
 wenne sin vorsichtekeit
 sime lande ist umbereit.
415 girheit ist ouch schande
 in eines kuneges lande.
 kurzlich ich dir sagen wil
 zu weninc geben und zu vil
 benemen (als ich lere)
420 eime kunege sin ere.
 welch kunec der maze nicht
  enkan,
 der kiese im einen clugen man

355 mylten, schrin *fehlt* b   357 allen schrin b   ·361 Nvn sol man merken b
a kein Abschnitt   364 der abe wysunge b   365 manchen b   366 rechte *fehlt* b
368 myttell b   369 Behaldung b   370 schwere b   371 is b   372 wirt man
licht b   373 Daur umb b   374 Dein — soltu, die *fehlt* b   375 Diz merke
und benetekeit a   376 lutt wirdikayt b   377 gab b   379 gebet b   380 den
m. hut b   381 gabet b   383 lon b   384 verloren b   385 aber — vergebig gut b
386 bitterme a   387 Nymet vil endlich b   388 gelich b   389 sich *fehlt*, sine
v. sterck: merck a sterkett: merkett b   390 Herre küng dise red b   391 künge
recht b   392 guten a gyt in nöten b   393 rych niemat b   394 heldet a   395 so]
zu b   396 Lobte man in aller b   397 Der kunic hieze a Der kung hies mylt b
398 hiess er och menschlich b   399 unordelichen a gist b   400 herre waz er
es b   401 reych b   402 er ouch a   403 zustreuwet a   405 gut ledig b
406 enpyr   407 kung vor gebet b   409 Wbergebithe b   410 unmer b
411 Vnzimlich b   413 wann b sine a   414 Seim land ist unb. b   415 Girekeit a
416 künges b   417 Kurtzlichen b   420 kung b, *so regelmässig verkürzt*
421 kan b   422 küse b

der sines schatzes pflege
und ouch alle wege
425 besorge waz zu tune si,
so blibt der kunic schanden vri.
　　O Alexander, kunic her,
waz sal ich dir sagen mer?
welch kunic ubergebet sich,
430 der vorterbet sich werlich:
ouch an rechter mildekeit
lit aller vursten wirdekeit
und des riches ere.
milde ist ein kunic here,
435 wen er sin hant entzuhet
und vor den sunden vluhet,
daz er nicht siner lute gut
nimt durch sinen ubermut.
Hermogenes der meister ho
440 hat hie von geschriben so,
ez sie die hohest vrumekeit
und der vernumft ein luterkeit,
des rechtes ein genuge,
ein zeichen so gevuge
445 an eime edelen kunege vri
daz er vollenkumen si:
er sal unmaze vlihen
und sin hant da von entzihen
von sines volkes erbe,
450 daz er icht daz verterbe.
nach siner gulde maze
sinen hof er stehen laze.
al zu vil vertun durch rum
vorterbet manic vurstentum.
455 wen die gulde es zu swach
daz mans den armen abebrach,
die schrien denne jemerlich
zu gote in daz himelrich:
der sante einen heizen wint,
460 da mit lezte er die kunege sint,

die ir man so beschazten:
ir man sich kegen en sazten
und vertilgeten vil gar
ir namen uf aller erden zwar;
465 und hete sich got erbarmet nicht
um die ubele geschicht,
so wer daz riche erstorben
und vil gar vertorben.
dar umbe pruve und bis nicht laz:
470 du salt verware wizzen daz
alles richtum ist gegeben
der sele durch ir langes leben.
sus lit an richtume heil.
richtum ist der sele ein teil:
475 wen sin die sele muz enpern
so mac sie lenger nicht gewern.
des vluch (als ich lere)
uberic kost vil sere;
dar umme wer gar ane leit
480 wil maze han und mildekeit,
der sal nicht torlichen geben
und in rechter maze leben.
ez ist ouch tugentlich getan
daz ein man wolle abe lan
485 und nicht ervarn in keiner vrist
heimlichkeit die verborgen ist.
wer sich nicht wil krenken
der sal nicht vil gedenken
an daz daz er vergeben hat,
490 daz ist min lere und ouch min rat.
　　Nu merke mich vil rechte.
er es von gutem geslechte
und an tugenden nicht veraft
wer sin dinc hat so geschäft
495 daz er vordienten lonet
und der gerechten schonet
und die ereberen eret
und die einvelden leret;

425 Besorg — tun b　　426 blibet a belybett b　　427 here: mere b
430 vertyrbt b　　432 küng b　　434 ein fehlt b　　435 Wenne er sine a ent-
zwett b　　436 vluett a füwett b　　438 Niemet b　　441 höchste b　　443 eine a
445 edeln b　　446 er wol volkumen b　　447 sol jo — flien b　　448 sine a
enzyechen b　　452 kouff ber b　　454 Hat verterbet manchen fürstethum b
455 Wenne a Wann — wz b　　456 man es b abbrach a　　458 das hohe a
jn sein b　　460 mite a her b　　462 ir lute a　　465 erbarmt b　　467 were a
rych b　　469 brieffe b immer　　470 solt für war b　　472 seelen b 473 rych-
tum b　　474 seelen, ein fehlt b　　478 Uberige ab konft b　　479 gern b
481 sol b immer　　482 Sunder in b　　488 sal fehlt b　　489 des dz b　　490 ouch
fehlt b　　491 Nun merk b　　492 von gottes b (de genere bonorum)　　494 tugent b
495 er des a　　497 erbern b　　498 einfelltigen b

der da hat helflichen mut
500 den luten den man unrecht tut;
der den danket die en gruzen
und kan sin wort wol suzen,
und zoumet sine zunge
daz sie icht ste zu sprunge,
505 und tu, ob er icht wizze,
als ein man der clucheit misse
und under wilen kan vertragen.
nu wil ich leren unde sagen
meisterliche wisheit
510 die ist gekurzt und gereit:
het ich dir 'nie nicht vorgeseit,
ich wuste daz gar unverzeit,
wurdest du der lere cluc,
du hettest immer kunste gnuc
515 in dirre kegenwertigen vrist
und in der die zu kumende ist,
wie du dich soldest halden
und dines riches walden.
    nu hore mich gar unvertoubt.
520 vernumft ist des riches houbt,
. der selc heil daz beste,
der tugende gruntveste.
vernumft ist ein spigel clar,
darinne man beschouwet gar
525 welch dinc man sulle miden
oder waz man sulle liden,
welch dinc man sulle erkisen
oder welchz man sulle vlisen;
der tugende wurzel und ursprinc
530 und der schanden ein verdrinc.
dise lere dich ervrouwe.
der vernumft erste gezouwe
ist begerunge eines namen gut.
der ist ereber und recht gemut,
535 wer da ercrigt ein gutes wort.
ein gut name ist uber allen
    hort.

wer sin velschlich begert,
der wirt nimmer eren wert,
von boser rede wirt er geschant.
540 alhie bie sie dir bekant:
gut wort ist daz man suchen sal
vor allen dingen uber al
und durch sines selbes ere:
man sal nicht also sere
545 begern ein kunigriche.
gutem worte ist nicht gliche.
ez ist der wisheit ein begin
unde gar ein groz gewin.
des wil ich nicht geswigen
550 man sal nach herschaft crigen,
da mite man ane schamen
gewinne guten namen.
suchet man herschaft durch
      anders waz
da von entstet niet unde haz.
555   Von nide kumet allez arc.
nit ist aller schanden sarc,
ein materie und ein stam
do von nie kein gut bequam.
niet macht afterkose
560 und lugene vil bose.
afterkose machet haz.
haz gebirt vorbaz
unrecht gewalt und manic leit.
unrecht gewalt macht zancheit.
565 zancheit widersaz erwit,
da von kumet vede unde strit.
strit zustoret recht und e
unde tut den steten we.
er stet kegen der nature recht
570 unde tut ir widervecht,
er storet alle gute werc.
vluch von im uf der tugende berc
und setze al dine gerde,
wie dir ein gut wort werde,

---

501 Den danken der in *b*   503 zämett sein *b*   505 ich *a*   man nicht *b*
506 der *fehlt b*   511 Hette — nich gesait *b*   512 muste *a*   514 genug *b*
515 schrift *a*   516 zu komen *b*   517 sultest *b*   519 unvertoubet: houbet *ab*
521 tayl *b*   522 tugent *b*   528 süll *b* verliesen *ab*   531 fröwe *b*   533 ist *fehlt ab*
names *b*   534 erbere *b* erebe *a*   535 ercriget *ab*   539 beser red *b*   545 küng
rych *b*   546 gutten worten — glich *b*   548 grosser *b*   551 mit — schame *b*
552 Gewinnet *b*   *Vor* 555 Edeler kunig nu merke wol Wie man laster vlihen so *a*
neyd *b*   557 Eine *a*   558 kam *b*   560 lugen *b*   563 Unrechte *a*   *ebenso*
564, manch *b*   564 zankhait *b* zangerkeit *a*   *ebenso im f. v.* (= lat. iracundia)
566 kunic v. uude vede strit *a* föchten *b*   567 sterett *b*   568 Und dem hertzen
thut stätte we *b*   570 ir jo wider fächt *b*   571 zu storet *a*   572 tugent *b*

575 so lebistu gar ane leit
in bekentnis der warheit.
die warheit ist ein ursprinc
aller lobelichen dinc
und ein stamme guter art:
580 sie ist der lugen widerwart
unde schepft gerechtekeit.
gerechtekeit die truwe treit,
mildekeit von truwe wirt,
die milde heimlichkeit gebirt,
585 heimlichkeit macht vruntschaft,
vruntschaft rat und hulfe schaft,
hie von die werlt wart gereit
und der lute e zubereit.
warheit zimet der nature recht.
590 dar um pruve (daz ist slecht)
welch kunec ein gutes wort vet,
des riche lobelichen stet.
O Alexander künic guot,
tugentlich halt dinen mut.
595 vluch jo vleischliche lust,
da von kumet vil unkust
vilichkeit und torheit.
der vornumft ez machet leit.
vleischliche begerunge
600 macht ungenugunge.
ungenugung macht gerigen mut
umme silber unde gut,
da von unschemde den enstet.
unrecht kunheit da nach get,
605 da von untruwe entspruzet.
daz macht daz man genuzet
dube und rouberie.
diz heizet buverie,
da von ein man besprochen wirt.
610 diz wort gevenknis im gebirt.
da von die recht verterben
und lute vil ersterben.

diz ist der nature wider:
bose lust verdrucke nider.
615 Nu wil ich sprechen sunder
haz:
zu erst zimt eime kunege daz
daz sin name werde breit
in lobelicher wisheit.
wislich sal sin rede sin,
620 klucheit an den werken schin.
ist ein kunic redesam,
sint sine werc gut ane scham,
man muz in vurchteu sere.
nu hore vurbas mere
625 wie man daz pruve balde
ob ein kunic wisheit walde.
schicket er sin volc zu gote
unde tut noch sim gebote,
so sol man merken alda bi
630 daz er ein wiser kunic si.
vurcht er den erberen got,
sin volc vurcht in sunder spot.
welch kunic gotes nicht achtet
und ouch dar uf trachtet
635 wie er volvure sinen mut,
der hat sin recht nicht wol
behut.
er lebet niht in rechter e,
er wirt vertumet deste me:
wer dem rechte wider stet,
640 der wirt vertumet und versmet.
die alten meister schriben diz,
den ez gotlich bewiset is:
welch kunec erschinet gut
unde doch nicht gutlich tut,
645 des riche wirt hinken
und sine crone sinken,
er wirt besprochen sere
und vorlust sin ere.

576 bekentnisse *a* bekentnusse *b*   578 loblicher *b*   579 ein schone *a* zome *b* (materia omnium bonorum)   581 schepphet *a*   584 haimlichait *(auch im ff.) b*   587 bereit *a*   588 zu breit *b*   589 naturen *b*   590 prieffe — schlächt *b* (patet ergo)   591 gut wort gebet *b*   592 rych loblichen *b* 595 velschlichen *b*   596 kumpt *b*   597 Vierlichait *b*   599 Velschliche *b* 600 Machett *b*   601 Vngenuguge *a* machet gierigen *b*   603 vnschemett *b* 604 Vnrech *a*   606 Dye *b*   607 Dyebe *b*   608 Des haisset bühry *b* 610 im *fehlt b*   614 gelust *a* trucket *b*   *Vor* 615 Wiltu mit eren alden Lere gutes wort behalden *a* Nun *b* *immer*   616 zimet einen küng *b*   617 nam *b* 618 Zu loblicher *b*   620 werben *b*   617 sein *b*   619 hör *b*   627 schickt *b* 628 seim *b* sime *a*   631 Vurchtet *a* erbern *b*   634 daur vf nicht in trachtett *b* 635 Vf dz er volfüre *b*   637 lebt *b*   638 dester *b*   639 rechten *b* 643 erschine *b*   645 rych wirdet *b*   647 Der *b*   648 all sein *b*

dar umme sprech ich (daz ist
    war)
650 kein lon, kein schaz ist so gevar
als ein lobeliches wort,
wen daz get vor allen hort.
  Nu ich dir aber sagen sol
waz eime kunege vuget wol.
655 er sal sich nicht veraffen
kegen den werden phaffen
die elich recht gesatzt han.
er ere sie so er beste kan.
geistlich volc er eren sal.
660 die wisen hebe er uzem tal
und erhore sie gerne,
wisheit er von in lerne.
er sal vragen erlich
und sal antwurten cluklich
665 ieglichem dar nach daz er ist
ere er in aller vrist.
  ouch sal ein edel kunic vri
bedenken waz zukumftic si.
welch ungeval man vor besit,
670 daz lit man semfter so ez geschit.
ein kunec habe ouch semftmute-
    keit,
zu zorne sie er nicht bereit.
wenne ich spreche sunder haz
eines kuneges wisheit ist daz
675 er sich selbe kunne zihen
und bos gemute vlihen.
ern sie zu snel noch zu laz,
er halde jo daz mittelmaz
an tune oder an lazen.
680 sinen mut sal er mazen.
ouch sal ein kunic wol gemeit
erberlichen sin gecleit.
so daz er ubertrete
alle lute an sim gewete:

685 daz sie so zimelich gestalt
daz ez bewise sin gewalt.
baz denne golt odr gimme
ein wollutinde stimme
vuget eime kunege hern,
690 wenne er sal zu strite kern.
 ·   Alexander kunic lobelich,
nu hore waz ich lere dich..
eime kunege missestet
ob sin zunge grade get
695 daz er rede al zu vil
und uber der rechten maze zil.
ez ist bezzer ane swer
man habe nach sinen worten ger,
wan ob er si so guzze
700 daz ez die lut verdruzze.
ein kunic sal ouch huten sich
daz er icht sie heimlich
zu vil snoden luten.
ich wil dir beduten:
705 snoder lute heimlichkeit
versmehnis brenget unde leit.
  Die clugen lut von India
han einen schonen siten da,
(diz rede ich verware)
710 ouch zeimal in dem jare
sicht man in rechten witzen
des landes kunic sitzen
uf sime rosse wol bewart,
gecleit nach keiserlicher art,
715 mit rittern ummeringet.
daz povil man verdringet,
die vrien herren hoch geborn
zu siner siten sint erkorn,
die berichten maneger hande tat
720 die man daz jar begangen hat:
waz dem lande ist vrumelich
daz schicket man da ordenlich:

  649 sprich *b* 651 lobliches *b* 652 Wann — vir *b* 653 Nvn *b*, *a keinen*
Abschnitt 654 aim kung *b* 656 Keden *a* paffen *b* 657 ieglich r. gesatzet *b*
660 vsen *b* 669 ungevelle *ab* besicht *b* 670 wen so *a* wan — geschicht *b*
671 kunec *fehlt a* hab *b* 674 dz ist *b* 675 daz er *ab* ziechen *b* 676 bose *a*
fliechen *b* vlien *a, doch ist ein h später darüber geschrieben* 677 Er *b* 678 hab *b*
679 vnd an *b* 682 beclait *b* 684 lutt *b* sinem *a* 685 sie so zimlich sie *b*
686 sinen *b* 687 Bys *b* oder *ab* 688 Eine *a* wol *fehlt b* 689 aim küng
heren *b* 690 Wen der zu stritte sol kern *b* 691 loblich *b* 692 Here nun *b*
693 Aim kung *b* 694 gerade *a* 698 Wan habe nach den *b* 699 gruze *a*
700 lute *ab* gösse: verdrösse *b* 705 lut *b* 706 Versmehenisse *a* Verschmächt-
nus bringet *b* *Darnach* Dez kuniges gewonbeit von India Saltu gerne horen da *a*
707 lute *a* 708 Hand *b* 709 red *b* 711 sibet *a* sichet *b* 713 seim rosz *b*
714 Beclaydet *b* 718 siten siner *a*

der kunec da mildeclichen tut
und vergibt gar richez gut,
725 den gevangen er die bant
    entslet,
vil guter werc er da beget.
in des selben tages zil
beget der kunic tugende vil.
darnach stet uf der herren ein
730 der under in aller wisest schein
unde gar wol reden kan.
des kuneges lop er hebet an
und beginnet daz meren.
gote danket er mit eren
735 der in den kunic hat gegeben.
daz volc wunscht im ein langes
    leben.
wenne der hat volbracht
sin wort als er hat gedacht,
so mant er ouch die lute
740 (als ich dir bedute)
daz sie wesen undertan
dem kunege und in liebe han.
dar nach daz volc gemeine
mit suzen worten reine
745 dem kunege lop und ere geben
und biten um sin langes leben
und kunden irm gesinde
und ieglichem ir kinde
man sulle den kunec liebe han
750 und im wesen untertan.
sus wechst des kuneges name
    zwar
heimlich unde offenbar.
an dem selben tage
(als ich verware sage)
755 leget man pine swere
an die ubeltetere,
daz man bilde bie in neme
und sich der sunden scheme.

dar nach in der selben zit
760 in alle deme lande wit
den zol man minner machet,
der zins wird ouch geswachet
ieglichem koufmanne
geschit genade danne.
765 man vlizt ouch sere sich daran
daz den vremden koufman
iemant da bespreche
oder im den vride breche.
koufliute ert man da sere:
770 diz ist des landes ere,
da von ist noch hute
daz lant gar vol lute.
kouflute dar gerne varn.
man muz daz hertlich bewarn
775 daz in iemant unrecht tu:
da von nimt der kunic zu
und dar zu sin riche.
kouflute werliche
eines snoden vursten schande
780 von lande tragen zu lande,
eines edelen vursten wirdekeit
si vuren uber al die werlt breit.
diz ist die lere mine:
ieglichem gib daz sine
785 so gewinnen die stet vestekeit
und die gulde wirt gebreit,
sus wechst eins kuneges ere,
sine vinde in vurchten sere,
so mac in vriderichen tagen
790 ein kunic sinen willen tragen.
O Alexander nicht beger
ein dinc daz nicht mac gewer,
zu nichte ez wirt und muz
    vergan
und das du schire must verlan.
795 suche unde bis begernde
richtum immer wernde:

    723 myltenglich *b*   724 vergebet *b* gar *fehlt b*   725 den ban entschlecht *b*
730 in der *b* erschein *a*   732 hebt *a*   734 Gott *b*   737—746 *fehlen a* Wen *b*
742 küng — lieb *b*   745 küng *b*   748 ieglich irm *a* yeglich ein seim *b*
749 lieb *ab* 751 namen *b* 754 für war *b*   755 Lydet — swer *b*   760 dem *b*
765 sich *fehlt b*   766 werden *a*   767 do ubel spreche *b*   768 frede *b*
769 irret *b*   772 so gar vil *b*   774 erlich *b*   775 do yemant vnrechte *b*
776 nymet *b*   768 Koufflütt *b*   780 Von land *b*   781 frömkait *b*   782 Die *b*
783 Dez *b*   785 stett frödekeit *b*   787 eines *a*   788 Sein frönde en *b*
789 frödenrychen *b* *nach* 790 Kunig alexander nicht begere Gutis daz nicht mac
gewere *a*   791 begere: gewere *b*   793 es wiert es *b*   794 verstan *b*
795 begern: wern *b*

ein leben unverkerlich,
daz ewige himelrich,
daz erbere blipnis.
800 din gedanken, waz ir is,
und alle din gemute
richte jo zu gute.
menlich und erlich dich zuch.
vil gar der lewen wege vluch
805 und ander tire unvletekeit:
daz sie dir so uz geleit
du salt nicht sin grimmic
und ouch ungebougic
den, die du bist uberkumen
810 daz du den sic hast genumen.
gedenke waz zukunftic sie
und an gevellic geschichte die;
du weist nicht waz geberen mac
der morgen kunftiger tac.
815 diner begerunge volge nicht
an tranke, an unkuscher pflicht,
an slafe ummezlich.
o milder kunec, nicht neige dich
zu der wibe gemeinekeit,
820 wen ich spreche unkuscheit
ist der swine eigenschaft.
welch ere wirt geschaft,
ubestu die lastertat
die unvernumftic vie begat?
825 geloube mir an zwivel diz
unkusche ist ein verterpnis
des libes und ein abeschrot
des lebens und der tugende tot
unde der e ein ubertrit;
830 wipliche siten kumen da mit,
zu lest brengt sie ubil tat
die hie vor geschriben stat.
    Keiserlich gwalt vuget baz
daz sie habe sunder haz

835 getruwe lute sunderlich,
mit den ein kunic vrouwe sich
und habe mit in wunne vil
von manger hande seitenspil,
wenne er wirt verdrozzen
840 und mit unlust bevlozzen:
der sele lust entspringet
wenn die seite irclinget
unde ruet der sin,
leit und sorge swindet hin.
845 der lip craft hie von entphet
wenn dir sulche vroude entstet.
wiltu sulche wunne enphan,
du salt in sulchem leben stan
vier tage oder dri,
850 dar nach bis sulcher frouden vri.
din vroude die sie heimlich,
daz ist gut und erlich.
wenn du bist in wunne so
vor ubertranke hut dich jo.
855 laz die andern trinken
daz in die zungen hinken.
in sulcher wise erschine,
als du heiz sist von wine,
so machtu heimlichkeit ervarn
860 die dir e vorborgen warn.
des pflic ane vare
zu drin malen in dem jare
und nicht alle tage
sulche wirtschaft trage.
865 du salt immer bie dir han
von dim gesinde heimlich man,
die dir zu oren brengen ju
waz man rede oder tu
uber al din kunigriche,
870 daz hore willicliche.
    Ich wil dich vurbaz leren,
wen du bist undr den heren,

so ere wol die clugen,
ieglichen nach sinen vugen;
875 nach siner art ieglichen halt,
den du von rechte eren salt.
zu hus bite einen hute,
dem andern bedute
daz er morgen sie din gast.
880 wen du er ein gecleidet hast,
dar nach den andern cleide.
als ich diz bescheide
ieglichen in aller vrist
halt dar nach daz er werdic ist.
885 niman sal undr den herren sin
im sie jo dine milde schin.
din keiserliche mildekeit
und mildes mutes edelkeit
sie verre unde nach bekant
890 den luten uber alle lant.
wol zimet eime kunege gut
groze wisheit, vester mut.
uberic lachen sal er vlihen
und sich da von entzihen,
895 wenne ein stete lachen
kan erber wort swachen.
idoch saltu wizzen daz,
ein kunic der ere baz
in sime hove (daz ist war)
900 die lute die im kumen dar;
in sime rathuse jo
ere er sie baz den anderswo.
nirgen vugetz im so wol,
dar um erz billich tun sol.
905 tut iemant kein unrecht,
er sie ritter oder knecht,
man pinge in dar nach daz
er si:
die andern vurchten sich da bi
und lernen sunde vlihen
910 und sich von unrecht zihen.

einen wol gebornen man
sal man anders pingen lan
wen einen der da ist versmet
und in der gemeine stet.
915 hertekeit und steten mut
sal man halden, daz ist gut
dar umme daz vil schone
des kuneges persone
habe underscheit vor alle man,
920 die im sullen wesen undertan.
ein volc heizt Esculapii,
in irm buche schribt man wi
der kunec sie lobelich gevar
der da glich ist dem adelar
925 unde keinem vogel me
der andern zu gebote ste.
ob iemant icht unzucht beget
wen der kunic kegenwurtec stet,
man sal gar rechtlich verstan
930 in welchem mute erz habe
getan:
tet erz in schimpe alleine,
sine pine werde cleine;
hat erz getan durch smaheit,
so sie im der tot gereit.
935   O Alexander, ich wil leren
gehorsam eines heren
an vier dingen ist gelegen:
geistlichkeit, hubscheit pflegen,
an libe, an ereberekeit.
940 o Alexander, bis gereit
diner manne mut ker zu die,
vor unrecht beschirme sie.
keine sache saltu geben
von der kegen dir mogen streben
945 die lut mit afterkose,
wenne ez ist vil bose.
wenn daz volc die rede hat
so kumet ez lichte zu der tat.

---

876 recht b   877 huse b   880 einen a   883 Jeglichem a   884 dar
er b   885 under a den fehlt b   887 Die a   889 nahen a   891 ainem
kung b   892 Grosz — vesten b   894 do von sich b   895 Vnd b   896 ereber a
erbere vorchte b   898 eren ab   903 Nyenent füget es b vuget a   904 er es b
906 Es b   907 pinige a daz fehlt b   912 andres b pinigen a   913 verschmeht b
914 gemain b   919 Hab — fur b   921 heizet a haisset esculapye b   922 buch b
schribet ab di a   923 loblich b   924 da] doch, adlar b   925 kaim b   927 icht
fehlt b   930 er es hab b   931 Tette er es in schimpffe allain b   932 Sein
pein würde clain b   933 er es g. in b   934 beraitt b   939 lieb und an
erberkeit b   940 beraitt b   941 kere a kern b   942 unrechte a   beschirm b
943 kain sach b   944 Darum kind dir b   moge a   945 lute a   948 licht b

du solt dich dar nach breche
950 daz von dir icht spreche
din volc kein dinc daz bose si,
so blibistu der rede vri.
volkumene bescheidenheit
ist ein ere der wirdekeit;
955 herschaft ist da von gedigen,
manec kunicriche ho gestigen.
hoer clukheit mac nicht gesin:
in den herzen der manne din
me vorchte wenne libe si
960 und in immer wone bi.
Ez wirt gelesen in der schrift
ein wort daz die warheit trift.
ein kunec in sime riche
ist dem regene gliche,
965 der von gotes genaden gat
und von des himels guttat
ein leben der erden ist,
der lebenden hulfe alle vrist.
idoch kumet in des regenes zil
970 dunreslege und blicke vil,
die wazzer ergiezen sich,
daz mer tobet grimmelich,
vil arges da mite get,
da verterpnis von enstet
975 den lebenden dingen.
idoch die lute singen
und loben got siner gwalt.
der genaden zeichen manicvalt
merken sie und gabe breit
980 siner grozen barmeherzekeit.
der regen lebende machet gras,
er erjunget daz verdorret was,
die jungen boume uf dringen,
die blumen schone entspringen,
985 den grunenden dingen git der
regen
sinen heilsamen werden segen.

die lute gote lobes jehen,
waz ubeles vor ist geschehen
daz wirt hin geleget gar,
990 sin wirt ouch vergezzen zwar.
ein glichnis an den winden
mac man dem kunege vinden.
uz der barmunge richeit
sendet uns got die winde breit,
995 die di wolken hine keren
und die sat wachsen leren;
und der boum vruchte
brenget in rechter zuchte,
da von manic geist erquicket
sich,
1000 daz wazzer wirt behegelich
und ein wec gar sunder wan
den schifluten uf getan:
vil anders gutes wirt geschaft
alles von der winde craft.
1005 idoch von der winde schar
wirt man vil hindernis gewar
unde vil zorngamekeit
wirt in dem mere da von gereit
und ouch uf der erden
1010 vil zeichen da von werden.
der wint tut in dem mere zorn
so wirt gutes vil verlorn.
der wint arc in den luften stift,
der wint macht totlich vergift;
1015 sulch ubel unde anders mer
kumt uns von des windes her.
die unterst schepfenunge,
wen die mit jamers zunge
ruft zu des schepfers mildekeit
1020 daz er von in virre leit,
er let doch die winde zwar
iren louf volbrengen gar
und irs orden pflegen,
den er in hat gewegen,

949 brechen: sprechen b 953 Volkomen b 958 *vor* 57 a 959 vorcht dau b
Nach 660 Ein glichnis von kunigis ereberkeit Vnd von siner erbermede wirt hi geseit
961 geschrift b 962 wisheit a 963 seim rych b 964 raine *(so gewöhnlich auch
im ff)* glych b 966 von *fehlt* a 968 leben h. zü aller b 970 Durneschleg und
blykschosz b 977 gewalt *ab* 978 genauden syen b 981 lebend b 982 erfuchtett b
985 gib a 986 Sein b 988 geschena 989 zwar b 990 gar b 993 Zu b 995 hine]
en b 997 boume a 998 rechte a 1000 gewägelich b 1 gar *fehlt* b 7 sorgsam-
keit b *(dieses richtig? vgl. lat.* impedimenta et diversa pericula inferunt.) 8 in]
von d. mer b 11 mer b 14 macht *fehlt,* töttliche b 15 Sul a Söilchs whels b
16 Kumet — ker b 17 underste a schöppfenung: zung b 19 Rufet a Ryeft b
20 verre b 21 list b 22 Irn a 23 jrens ordens b

1025 der in siner wisheit rat
geordent und gewegen hat
alle dinc in glicher wage,
daz ir keines des vertrage
ez endiene sinen knechten
1030 vil gar an widervechten.
diz allez ist entsprungen
von sinen barmungen
und von siner gute rat,
die unvolzellich bestat.
1035 noch ein glichnisse lit.
der winter unde sumers zit
han hitze unde kelde
von gotes gewelde;
da von kumet merunge
1040 vil maneger schepfenunge,
idoch des vrostes ubercraft
vil totlichen schaden schaft,
alsus tut ouch der sumer heiz
manchen schedelichen sweiz.
1045 in sulcher wise als man siet
an einem kunege ouch geschiet.
er tut vil manege sache,
die da kumet zungemache,
die sinen mannen missehait
1050 und leitlichen wirt verdait.
wie siz von erst mit leide han,
doch lit im groz nuz dar an.
O Alexander, wol gemut
erkenne not und armut.
1055 der jamerigen armen
la dich jo erbarmen,
der kranken personen leit
tu hulfe dine mildekeit.
erkus dir einen clugen man,
1060 der ir zunge reden kan,
der liep habe gerechtekeit,
der vur dich tu die arbeit,

daz er ir bermlichen pflege
und liep habe alle rechte wege.
1065 O Alexander, du salt
samnen korn vil manicvalt,
daz du din volc spisest gar
wen im kumen hungerjar.
in hunger und in note vrist
1070 den steten zu helfen ist.
so tu uf diner keler tur,
miz din gesament korn hervur,
uber din riche ez teile
dinen luten zu heile.
1075 daz ist ein groze sicherheit
nach grozer vorsichtekeit,
dines riches vestenunge,
ein heil der samenunge,
ez ist der stete hute:
1080 nach al dinem mute
wirt din gebot gehalden,
din rat blibt bi gewalden
wen din volc sin leben treit
von diner grozer clucheit.
1085 din milde lobt man manicvalt,
niemant erzurnet din gewalt
O kunic Alexander,
ich han gemanet dich bisher
und mane dich mere,
1090 behalt ot min lere.
al din dinc muz vor sich gan,
din riche blibt mit eren stan,
heldestu die lere gut.
vorguz nicht des menschen blut,
1095 wen ez zimet got alleine,
der himelische dinc gemeine
wol weiz und erkennet recht:
nim dir nicht gotes ammecht,
wen er dir nicht gegeben hat
1100 zu wissen den gotlichen rat.

dar umme hut dich vor der not
daz du iemant slahest tot,
wen von manslacht schribet so
Hermogenes der lerer ho:
1105 wenn ein creature
wird so ungehure
daz sie ein ander notet
und irn glichen totet,
der himele tugende manicvalt
1110 schrien an gotes gewalt.
'herre, herre' sprechen sie
'din knecht wil gliche wesen di'.
geschiet der mort unrechte jo,
der hohe schepfer antwurt so
1115 'Ir sult ez gestaten und ver-
tragen:
der da slet, der wirt erslagen.'
darnach wil got sprechen
'mir die rache. ich wil rechen'.
der himele tugende dicke also
1120 in irem lobesange ho
clagen des erslagen tot,
biz daz got sendet not
unde rache swere
ot dem totere;
1125 er blibet und muz grinen
in den ewigen pinen.
    O Alexander in dinen jaren
hastu arges vil ervaren.
din gedechtnis sal entphan
1130 waz din eldern han getan
und lis ouch mit ruche
in irm jarbuche:
da von machtu bilde nemen
waz dir wol muge zemen,
1135 wenne die vergangen tat
vil gewisser lere hat

zu dem daz noch sal geschen.
den minnern saltu nicht versmen.
wen er mac grozer werden
1140 und achber uf erden,
gewinnen ere unde gut
daz er hie nach wol schaden
tut.
hute dich ouch vil sere,
wiltu haben ere,
1145 daz du icht brechst die truwe
din.
din gelubde laz stete sin.
kindere unde hubsche wip,
die da han unsteten lip,
und die ungetruwen man
1150 sal man die truwe brechen lan.
wem zu untruwe ist gach
dem volget ein bose ende nach:
ab wol icht guts davon geschach
daz ein man sin truwe brach,
1155 idoch die art die missetat
in der bosen herze stat.
wizze in diner werden iugent,
truwe brenget manege tugent:
der lute samenunge
1160 von truwe ist entsprunge,
die stete sint da von besazt;
die truwe ist so geschazt,
ez ist kumen dannen
gemeinschaft undr den mannen;
1165 die truwe hat von erst geschaft
aller kunege herschaft,
burge und stete heldet sie,
sie tut die kunege herren hie.
wen wurde die truwe hin ge-
numen,
1170 die lute wurden wider kumen

1101 hute *a* der *fehlt b* 2 schlachest ymant zu *b* 4 meister *a* jo *b* (doctor egregius) 6 Wenne eine *a* 7 eine andere *a* sie jm nötett *b* 9 himel *b* 13 Geschicht — vnrecht *b* 14 also *a* Der her *b* 15 ez *fehlt b* 16 schlecht — geschlagen *b* 18 rauch *b* Ich wil die rache mir rechen *a* 19 himel togent dick so *b* 20 minem *ab* (in suis laudibus) sang *b* 22 daz *fehlt*, die not *b* 23 rauch *b* 24 Vf den *b* 25 belybett *b* (erit de perseverantibus in poenis aeternis) 27 dein *a* 28 ervarn *b* 30 Unde waz *a* 31 ouch *fehlt b* 33 magstu bild *b* 35 Wen *a* vergangue *b* 38 mindern *b* versmehn *a* versenen *b* 40 achtbär *b* 41 eren *b* 43 Hüt *b* 45 brechest die crone *b* 47 kinder *b* 51 vntriven *b* 52 bös end *b* 53 gutes *a* Ob wol da von icht gutes beschach *b* 56 hertz *b* 58 Mit witz diner tugent *b* 61 entsprungen *b* 62 stet *b* 62 hohe *a, fehlt b* 64 under *ab* 65 trw *b* 66 küng *b* 67 Burg vnd stet *b* 68 herschen *b* 69 würd — trw *b* 70 lut würde *b*

gar an die erste saze
in der tir maze.
des hute dich, kunec wolgemut,
zubrich nicht die truwe gut.
1175 welchen eit du hast gesworn,
den enbrich durch liep noch
zorn.
halt din gelubde sere,   •
ob sie joch sint swere.
weistu nicht daz Hermogenes
1180 ist ein gezuc wurden des
daz zwene geiste bie dir sin
die alle zit jo huten din?
die rechte hant der eine enphet,
der ander zu der linken stet:
1185 sie wizzen alle dine werc
und vuren sie uf des himels berc
dem hohen schepfere.
waz dir wille were
zu tune, daz kunden sie.
1190 in der warheit sage ich die,
diz soldestu und alle man
immer in dem mute han,
daz ir woldet schande vlihen
und ouch snoder werke entzihen:
1195 wer twingt dich dicke sweren?
du salt dichs vaste weren,
keinen eit salt sweren du
dich entwinge groze not da zu.
ein kunec sal eide abetreten
1200 er werd gevraget ader gebeten.
weistu nicht daz missestet
daz ein kunic zu eiden get?
wen du swerest einen eit
so niderstu die wirdekeit:
1205 ez suln ot dinestknechte
sweren wol mit rechte.
vragestu mich der sachen
wa von begonde swachen

der lute riche und ir lant
1210 die da Scite sint genant,
ich wolde dir antwurten so
daz ir kunege swuren jo
und da bi truge pflagen:
steten, die en naben lagen,
1215 waz man gelopte durch heil
daz brachen sie daz meiste teil;
also ich dir bedute
die unseligen lute
swuren manegen bosen eit
1220 durch ir nachgebuer leit:
des wurden sie ummere,
der gerechte richtere
wolde sie nicht liden me,
ir riche muste gar zuge.
1225 O cluger sun Alexander,
du salt wizzen dese mer.
man vindet noch vil mere
sunderlicher lere,
die ich nicht hie schriben wil,
1230 wie du uf daz rechte zil
din ingesinde haldis
und der gemeine waldis:
in eim andern teile
dis buches dir zu heile
1235 wil ich sie kurzlich schriben
dir.
got laz dich wol gebruchen ir.
keine ruwe hab in sulcher vrist
wen ein dinc vergangen ist,
mach dir keine leide mite,
1240 wen daz ist kranker wibe site.
halt offenbare vrumekeit
und ube gute und hubischeit:
din rich beschirm erwirbet
da von din vient vertirbet.
1245 O wiser kunic, habe gunst
zu schulen der hoen kunst,

1171 in die — satze *b*   72 tyre matze *b*   73 hüt *b*   75 du *fehlt*,
versworn *b*   76 liep *fehlt b* noch durch *a*   77 dine *a*   80 wurden *fehlt b*
81 zwen gaist *b*   85 Dye *b*   86 uf den *b*   87 herren *b*   88 dein w. *b*
89 thun *b*   90 sag *b*   94 schnöden werken *b*   95 twinget *a* zwinget —
swern *b*   96 dich es vast *b*   98 enzwing grosz *b*   99 ayd *b*   1200 werde *a*
1 daz es *b*   4 mynrest du *b*   5 sullen *ab* ouch dieustk. *b*   7 vragtest du *b*
8 zu schwachen *b*   10 Cite *a* scyte *b*   11 wolt *b*   12 ire küng *b*   13 trugeheit *a*
krye *b*   16 Des — den maisten *b*   20 nachburen *b*   21 unmäre *b*   22 ge-
rechten *b*   24 rych müst *b*   27 ouch *b*   28 Sunderlich *b*   29 hie *fehlt b*
31 haltest: waltest *b*   34 Dysz buch ist dir zu *b*   35 kurtzlichen *b*   39 Mache *a*
kain layd *b*   40 wyb *b*   41 offenbar frumkait *b*   42 hube *a* hüpschayt *b*

setze ir vil in die stete din,
ruf cluge meister dar in.
du solt ouch beduten
1250 und rate dinen luten
daz sie ir sune jungen
setzen zu lernungen
unde lazen sie da bie
lernen die edelen kunste vri,
1255 dar zu diner wise guft
helfe in ir notdruft.
du salt besundern eren.
jene die wol leren:
den andern wirt ein bilde daz,
1260 dar um sie lernen deste baz.
ir hore gutlich ere bete.
enphach ir brive stete,
die werden lobe schone,
wer ez verdient dem lone:
1265 so machstu daz die clugen
din lop in allen vugen
erheben unde meren
unde dir zu eren
alle dines libes tat
1270 in ir schrift verewic stat.
lobelich ist die wise,
dise clukheit ich prise,
dem riche ez zirde gebirt,
der hof da von erluchtet wirt.
1275 die clugen den geruchen
schriben in den jarbuchen
waz dem kunege entstet
und waz er selbe beget.
diz tun sie alles umme daz
1280 daz mans gedenke deste baz.
waz erhub der Criechen lant,
waz tut ir werc bekant
uber al die werlt gemeine?
nicht wen der vliz alleine

1285 der kunsten lernde pfafheit
und der wisen vrumekeit,
die sich die kunst nemen an.
da mite sie erwurben han:
ein juncvrowe junge,
1290 von grozer lernunge
konde sie wol durch daz jar
. von dem mande sagen war,
wenne er solde entspringen
und von der sunnen dringen;
1295 vil zeichen sie erkante,
die sterne sie wol nante,
der planeten cirkilganc;
warumme der tac wurde lanc
unde kurz wurde wider
1300 sie wiste uf unde nider
anders dinges vil da mit,
daz zu der sterne kunste trit.
Alexander, bi dime libe
bevil dich keinem wibe.
1305 an ir dienst geloube nicht.
twinget dich notlich geschicht,
so vil dich einer alleine
die dich mit truwen meine.
wen eine vrowe schone
1310 handelt din persone,
so bistu ein behalden schaz
vil gar ane widersaz,
wen es ist also gewant
din leben stet an irer hant.
1315 hute dich sere vor vergift.
es ist nicht ein nuwe stift
daz man die herren totet
mite,
ez ist gar ein alder site.
manec kunec hat sinen tot ge-
numen,
1320 daz ist von vergift bekumen.

1248 Ruffe clugen b 50 rauten b 51 junge: lernunge b 53 las 555 Daz diner wisen a (wiseit? tua providentia debet eis in necessariis subvenire) gunst b 56 notdurft ab 60 lernen sie des basz b 61 jr gebette b 63 werdent b 68 Und ouch b 69 Alles b 71 dyse wisz: prisz b 73 rych b 75 danne geruche b 76 der jar buche b 77 Wann — kung b 78 selber b 80 man ez a es gedenk des b 83 alle werk gemain: allein b 85 kunst lerne pfleghait b 86 fromkait b 87 Die künste sich nieman an b 88 erworben b 89 junkfrow b 92 den manen b 94 und fehlt b 95 erkanten: nanten a 1300 wisten a wuste b 1 Unders a Und andres vil do mite b 2 Dar a zu kunste stern cryte b 3 O a. — by dem b 4 Beuielch — kaim b 7 beuilch einer allain b 8 trwe main b 9 ain b 10 dine a 14 ir a 15 Hütt d. ser b vur a 16 nit nüw gestift b 17 man herre — mit: sitt b 19 Manchen küng hat got g. b 20 von der a von vergift ist b

O Alexander, wen dir wer-
ret icht,
an einen arzt geloube nicht.
ein arzt lichte schaden tut
und hat des geringen mut
1325 daz er missetat bege.
laz ir zehne bie die sten,
ob ez mit ichte mac gewesen
die saltu jo zu samme lesen,
und der meisten rat behalt,
1330 ob du arztdige nemen salt.
kus dir ein getruwen man,
der die wurz erkennen kan,
der nach der meister rate
bereite dir vil drate
1335 al die notdurft uberal,
die zu der arztdie sal,
in rechter wage saze
und ouch in glicher maze.
O Alexander, du salt gedenken
1340 wie dir wolde schenken
die kunigin von India;
die sant dir schone gabe da
von ir vruntlichen hant,
ouch wart da mite gesant
1345 ein juncvrowe schone und zart,
die von kuniclicher art
erzogen wart mit vergifte
von der natir gestifte,
daz alle ir nature
1350 waz wurden ungehure
und den slangen gliche.
het ich nicht wisliche
und mit kunstenricher list
gepruvet in derselben vrist
1355 daz sie so ungehure was
(an irm sehen kos ich daz:
ez waz so grulich getan,
sie sach die lute hertlichen an,
des was ich so gewisse
1360 sie tote swen sie bisse;

daz du dar nach ervures gar
daz es was genzlichen war)
du werst vor ir nicht genesen
wer ich alleine nicht gewesen,
1365 du werst von ir minne
des todes wurden inne.
O Alexander gute,
din sele halt in hute.
ir edelkeit ist harte groz,
1370 sie ist der engele genoz.
dar um ist sie dir geligen
daz sie wurde wol gedigen.
du salt sie nicht uneren
vor schanden sie beweren,
1375 daz sie stet in der wisen schar,
vor dem unreinen sie behute gar.
O kunec, du salt kein dinc
begen
wedir sitzen noch sten,
trinken weder ezzen
1380 (bis nimmer so vermezzen)
du enhabst eins klugen mannes
rat,
der sich an der kunst verstat
daz er kan an den sternen sehen
waz her nach sal geschehen.
1385 volge dirre lere min
ob ez mit ichte mac gesin.
wizze daz vorware
und gar ane vare
daz got kein dinc mache
1390 an redliche sache.
um sus ist kein dinc nicht
geschaft
ez enhabe etliche craft.
du salt kein gelouben han
weu dir sagt ein tummer man
1395 der sterne kunst so swere sie
daz ir niemand kume bie:
der weiz nicht waz er sprichet.
der vernumft nicht gebrichet,

1321 wirret *b*   22 ain *b*   25 begen *a* begienge *b*   26 zechen by dir ste *b*
29 meister *a*   30 artzedige *b*   31 einen *a*   33 Dar *a*   34 Berayt *b*   36 zu artzedige *b*
40 wölt *b*   41 kunigen *a*   42 sante *a* gaben *b*   45 junkfrow schön *b*   47 gift:
gestift *b*   50 worden *b*   51 glich: wislich *b*   53 kunst richer *b*   55 unhure *a*
58 lute *ab* ernstlichen *b*   63 werist vor *b*   64 Were — allain *b*   65 werist *b*
66 worden *b*   68 dire *a* hab *b*   70 engel *b*   71 gelegen: gedegen *b*   73 fg. *fehlen b*
75 stete *a*   76 dem tüfel behütest *b*   81 enhabe *b* eines *a*   82 sich *fehlt b*
84 sull *b* geschehn *a*   85 Volg *b*   87 Wyssz gar *b*   88 gar] dz *b*   90 Au redlich *b*
91 nicht *fehlt b*   92 etlich *b*   93 keinen *a*   97 wajst *b*

kein dinc ist ir swerlich,
1400 ez ist ir allez kentlich.
noch vint man vil tumer man,
die des haben ganzen wan,
got von eve habe gesehen
allez daz noch sal geschehen,
1405 dar um diz nicht nutzes hat
daz man betracht zu kumfte tat;
mac ein dinc andirs nicht gesin
waz hilft die kunst der sterne
schin?
wer daz spricht der ist ein kint,
1410 sine wort ouch erre sint.
manec dinc von not muz ge-
schen,
idoch wirt ez vor besen,
semftlicher man ez lidit
und sin ein teil vermidit.
1415 des nim ein glichnisse sus:
wen der winter kumen mus,
man richtet warme gadem zu.
wen der winter kumet ju,
man richtet sich in sulch gemach
1420 daz sine kelde wirt swach;
da wider in der heisen zit
man vil kalder spise pflit.
wen daz volc erkennet zwar
zukumftige hungerjar,
1425 ez helt getreide unde korn
daz ez blibet unverlorn
und in dem hungermale
lebe wol an quale.
gar vil nutzis lit daran
1430 daz man vor erkennen kan
waz hernach kumftic si,
man blibet da von schaden vri.
lichte bitet man got also
daz er ez schicket andirs jo.
1435 got in sulcher wise schicht
zu kumftege dinc hat vorgesicht
daz er wol durch sachen

sie mac andirs machen.
daz volc mac mit innekeit
1440 erbiten gotes mildekeit
mit einem tugentlichem leben,
beten vasten almusen geben,
und um die sunde genade gern,
daz sie got mac gewern.
1445 ez ist wol der warheit glich
daz got almechtic unde rich
von in daz arc wende hin,
daz zukumftic ist bie in.
wir wollen die rede lasen sten
1450 und wider zu der ersten gen.
von einer kunst ich sagete
die,
astronomia heiset sie,
an der lit vil groz heil.
sie ist geteilet in manec teil.
1455 daz erste teil entslizen kan
und leren einen clugen man
wie die himele geordent sin
und die planeten al dar in,
wie der sunnen crummer creiz
1460 wol zwelf zeichen in im weiz,
und ouch von ander sache,
die ich zu dutsch nicht mache.
ich vurchte ez wurde um-
mere,
wen ez ist zu swere.
1465 daz ander teil saget wol
in welcher wis man kennen sol
des firmamentes ummeswanc
und der ceichen ufganc,
idoch saltu wizzen daz
1470 in einem teil dis buches baz
wil ich dirs entslizen,
ob dichs nicht wirt verdrizen.
Nu wil ich sagen mere
dir von arzdige lere
1475 unde etliche heimlichkeit
von beheltnis der gesuntheit.

1399 ir so *b* 1400 Ez sy *b* heimelich *a* (scibilia) 1 vindct *b* 2 daz *a* habent *b* 3 ewen *b* (ab aeterno) 6 betrachtet *b* 7 nit anders *b* 10 jrrre *b* 11 nötten *b* 12 dz vor wirt *b* 14 teil *fehlt b* 16 kumpt jn vusz *b* 17 richt werm gaden *b* 20 sein *b* 24 kunftig *b* 25 getrait *b* 28 leben *a* 33 gote *a* man bittet got so *b* 34 erz *b* 35 han *a* 39 ainikeit *b* 40 Bytten *b* 41 aim *b* 43 sünden gnaden *b* 48 Daz sie zu kunftig sein *b* 49 red *b* 51 saget *b* 53 An ir *b* 54 getailt *b* 57 himel *b* 61 anderre *a* Vnd von andren *b* 62 dute *a* 63 furcht ez wurd *b* 66 kommen *b* 70 aim *b* teile *a* 71 entslizzen: verdrizzen *a* 72 dich es *b* 74 Dich *a* artzedie *b* 75 ettlich *b* 76 beheltnisse *a*

gesuntheit wol behalden
me gute hat gewalden
wen aller arzdie craft
1480 zu dirre werlde herschaft.
nie kein dinc wart me so gut,
daz ein sal man vor suche sie behut.
man sal wizzen und besinnen
daz man nicht mac gewinnen
1485 man enhabe macht dar zu.
die macht kumt von gesuntheit
    ju,
gesuntheit von der saze
und der glichen maze
der complexien und der art
1490 wie der lip genaturet wart.
daz kumet von temperunge
vierleige vuchtenunge.
daz ir glichunge were
hat got der erbere
1495 geschicket arzedie und rat,
wie die gesuntheit bestat,
daz man da mite ercrigen muge
vil andirs dinges daz da tuge.
den heilegen sinen knechten,
1500 den propheten, den gerechten
und andern, die er hat erlucht
und mit sines geistes gabe
    ervucht,
hat er diz bewiset
und sie hie mite gespiset.
1505 von den alle wise man
urhab ir kunste han,
daz ir schrift in aller vrist
nicht noch zu strafene ist.
sie ist in guten vugen
1510 gepruvet von den clugen.
wer im des sache hat geborn,
daz er selber ist vorlorn,
eim andern lichte er gebirt
daz er da von verlorn wirt.

1515 wir kisen daz uns lieb si,
waz wir begern daz suche wi.
doch saltu wizzen (daz ist war)
under al der kunstigere schar
hat got hie an desem leben
1520 den Krichen me kunst gegeben.
    Die meister kunstenriche
sprechen al geliche
der mensche sie gemachet jo
von den vier elementen so
1525 daz er muz han spise und tranc;
darbet ers, so wirt er cranc,
nutzet ers zu wenic oder zu vil
er kumet in der suche zil,
helt er aber das mittelteil
1530 so kumet im sterke unde heil.
die meister sprechen alle daz,
ez ist ouch war gar sunder haz.
allez daz die werlt hat,
lust richtum ere vrolich tat
1535 wollen die lut han beneben
nicht me wen um ein langes
    leben.
ist dir dar nach bange
daz du lebest lange,
so halt die mittelmaze
1540 an tranke und an aze.
Ipocraz so wenic az
daz er crankes lebens was.
do sprach im ein sin schuler zu
'meister, pflic guter spise du,
1545 so wirt al dime libe baz.'
des antwurte im her Ipocraz
'ich esse daz min leben tuge,
und lebe nicht daz ich essen
    muge.'
    Alexander, ich wil dich
1550 alhie berichten kurzlich
wie ein man gesunt blibe
an allem sime libe.

der pruve wie er geartet sie
und merke die zit die im ist bie,
1555 und der naturen gewonheit:
nach dem sin spise sie gereit.
dar nach in cluger wise wol
ubervluzzekeit man reingen sol.
conplexie unde spise
1560 suln sin einer wise,
beide heiz oder kalt,
(dese lere so behalt)
die wile ein man ist wol gesunt:
kumet aber ein sulche stunt
1565 daz heize spise odr heize zit
dem lib zu groze hitze git,
so sie die spise mit der vart
uber al von kalder art.
nu ·nim ein lere. sunderlich.
1570 der mage ist dem vure glich.
pruve waz ich meine.
groz vuer hitzet steine,
ein cleines kume enzundet stro:
um den magen ist ez so,
1575 ob er groze hitze hat
daz er grobe kost bestat;
ist kleine siner hitze craft
lichte spise si im geschaft.
wo ein man daz pruve bi
1580 ob er eines guten magen si,
da von wil ich nicht rimen me,
aleine iz zu latine ste:
daz tun ich um die sache
daz sin ein leie icht lache,
1585 wem ez aber wil behagen
der bite ez im die erzte sagen.
Ich wil sprechen sicherlich
ez enist nicht erlich
daz ein arzt weiz offenbar
1590 al eines kuneges suche gar.
wiltu dich so halden,
als ich schribe din gewalden,

. so machtu wol gedien
an alle arzdien
1595 und lange miden den tot,
ez enkume den von strites not
oder von sulches ichte
daz man heizt geschichte.
Alexander, du salt ufsten
1600 und nach dem slafe dich ergen.
dine glit zustrecke,
din har der kamp zurecke,
da mite enphurestu den dunst
der ufget von des magen brunst.
1605 dich twa ein kaldes wazzer
vrisch,
ob die zit ist sumerisch,
da von wirt dir gemezzen
daz dich gelustet ezzen.
dar nach kumet al zu hant,
1610 lege an dich edel gewant,
prise dich in die cleider gut,
da von kumt lust in dinen mut.
dar nach die zene du riben salt
mit rinde eins boumes so
gestalt,
1615 daz er heiz und truge si
und bitterkeit dem smacke bi,
daz macht die zene reine gar
und eines mannes sprache clar.
dar nach saltu haben ouch
1620 vil guter edeler wurze rouch,
die der zit sint zimelich,
daz macht clar an gesichte dich;
da von kumt ouch ander gwin
und ez sterket dinen sin:
1625 du werst ouch mit den dingen
der grawen har ufdringen.
da nach mit salbe dich bestrich,
die da ist gutes ruches rich,
da von die sele erquicket wirt.
1630 gut ruch der sele lust gebirt,

1553 geart *b*   54 merk wie die *b*   56 spys sy jm berait *b*   58 reinigen *a*
60 Sullen — eine *a*   64 kumt *a*   65 spysz *b*   66 libe *a*   70 mag —
fur gelich *b*   72 vur hytzget *b*   73 kum *b*   74 ez] ye *b*   75 grosz *b*
76 grobe kost er *a*   77 clain *b*   80 ains *b*   81 ich nit wil *b*   82 Allain *b*
83 durch die *b*   84 lay *b*   86 artzet *b*   *Vor* 87 Kunig dine suchen gare Den
arczten nicht offenbare *a*   90 Alle ains *b* wol gar *a*   91 behalten *b*   92 dinen *ab*
94 artznyen *b*   98 haisz *b* heizet *a*   1600 und *fehlt b*   1 Dein gelyd *b*   2 Dine *a*
3 entphurestu *a*   4 magens *b*   5 tu *b*   6 sumerlich *b*   8 ze essen *b*   10 Leg *b*
13 du die zen *b*   14 rinden *b* rinden eines brotes alt *a*   15 ez *a* truken (arboris
calide et sicce amari saporis)   19 du salt *a*   20 edele *a* edler wurtz *b*   21 sye
zimlich *b*   23 kummpt von *b* gewin *ab*   25 wirst *a* werest *b*   28 da *fehlt b*

da von kumt ez danne so
daz ouch daz herze wirt vro.
dar nach ein lactwarie des
holzes nim aloes,
1635 reubarbarum si da bi,
des vier pfenninc gewichte si;
da von kumt dir durch den tac
daz din munt hat guten smac.
dar nach saltu dich keren
1640 zu den edeln herren
sprachen mit den wisen
und mit den clugen grisen.
e du zu tische sist gereit,
so tu etlich arbeit
1645 mit riten oder mit gende
oder eine wile stende,
wen von sulcher witze
mert sich des magen hitze.
wen zu tische kumest du,
1650 so heiz vil kost dir tragen zu
und nach diner willekur
setze dir diz oder jenes vur.
des saltu nicht vergezzen:
wen du me mochtes ezzen,
1655 so saltu die hant entzihen
und uberige sete vlihen.
iz nicht zu sat, daz ist dir gut,
alle ubermaze schaden tut.
nach dem essen al zu hant
1660 ganc uf weich bettegwant.
din slaf der sie mezlich.
die rechte site trage dich,
uf die linke dich wende
und tu des slafes ende,
1665 wen die selbe site ist kalt:
dar umme du sie wermen salt.
gevulstu denne in der vrist
daz dir der lip swere ist,
so tu nach der lere min
1670 umvach ein junges meidekin;

nicht anders du spilen salt,
ez ot an dinen armen halt.
hie wil ich abe brechen
und von mir selbe sprechen.
1675 vil hie von arzdie stat,
daz der meister geschriben hat,
das ich beduten nicht enwil.
ez ist zu swere und zu vil.
waz wer ich bezzer den ein stum,
1680 wurde ich so torecht und so tum
daz ich in dutschen spreche so,
daz mir nimant verneme jo.
ez were gar verdrozzen
wen ez nicht wurde entslozzen.
1685 solde aber ichz entpinden,
so muste ich wort vinden,
die unvernemelich weren,
die wurde man mir verkeren.
idoch durch der dutschen heil
1690 nenne ich iegliches ein teil.
    Nu horet wie der meister git.
daz ganze jar hat vier gezit.
wo sich ieglich hebet an
daz vindet wol ein cluger man.
1695 der lenz hat wol den ansprunc
und macht daz ertrich wider
                    junc.
daz ertrich wirt als ein brut
dise zit, lustic unde trut
gecleidet zu der hochzit
1700 mit maneger varwe widerstrit.
loup blumen gras entspringen,
die nachtegalen singen.
der lenz hat ouch wunne vil
der ich nicht aller nennen wil.
1705 der lenze ist vuchte und hitzen
                    rich,
der luft er vil wol glichet sich.
diz si diner spise zil:
iz eier aber nicht zu vil,

1632 wirdet frow b   33 eine a lactuäre b   34 Nycm des holtz b   35 dz
do b   37 kumen durch b   41 Sprache a   42 den alden a   43 tysch b
44 etliche b   46 ain b   48 Meret — magens b   50 heize a   52 dir fehlt b
53 Der b   60 bette gewant a   61 der fehlt b   64 schlaufende b   67 Gefu-
lestu b   68 icht schwer b   70 mäydlin b   71 du mit jm b   72 Es nu an dem
arm b   74 selber b   75 an artzedie b   77—78 fehlen a   77 wil b   79 ein
fehlt a   81 ich tutsche sprech also b   82 so b   85 ich aber es b   86 müst b
88 Dz b   90 etliches b   91 gycht b   92 jare — zit b   93 yeglichs b
9C machet b   98 zit ist b   1702 vogel vnd n. b   5 lencze ist fucht und rich b
6 luft wol er b   8 eyere a

junge hunre milch zigin
1710 und latich sal din spise sin.
keine zit ist me so gut,
adir lasen denne vrumen tut,
daz blut sich den zuguset
in alle lit ez vluset;
1715 und daz man trenke neme.
bat ist der zit bequeme.
　　Wen der lenze den gelit,
so hebet sich die sumer zit
und die langen tage.
1720 der sumer (als ich sage)
ist truge und hat hitze vil.
dem vure ich en glichen wil.
vluch alle kost von heiser art,
vor uberaze bis bewart.
1725 kalpvleisch mit ezke ist aller
　　　　　best
und dar zu hunre wol gemest.
so salt nicht ader lasen du,
dich twinge denne not dar zu.
der minne saltu mazen pflegen
1730 uud bat mezlichen wegen.
wen die zit ist sumerlich
so glichet daz ertriche sich
einer brut wol gedigen
daz sie kindes sal geligen.
1735　Dar nach kumet der herbest
　　　　　zu.
den salt also erkennen du
daz er sie truge unde kalt.
daz grune gras wirt val gestalt,
wen sich die herbestzit erget,
1740 daz ertrich denne bloz bestet,
alle ir zirde ir wirt genumen
als eime wibe vollenkumen
der die jugent ist entzuct
und in daz alder ist geruct.
1745 heiz vuchte sal die spise sin.
du salt trinken alden win,

suze winber du ezzen salt.
die herbstzit ist also gestalt
daz du maht erzdige pflegen
1750 und der minne dich erwegen.
bat ouch hie gesunder ist
wen in des heizen summers
　　　　　vrist.
　　Dar nach trit der winter in,
so wirt kurz des tages schin,
1755 die kelde wirt ouch ubergroz.
die boume werden loubes bloz.
der winter ist vuchte unde kalt.
daz ertrich denne wirt gestalt
als ein uberlebtes wip,
1760 dem der tot drouwet an den
　　　　　lip.
braten die sint denne gut
und spise die da hitze tut.
hore wie diu tranc sulle sin :
trinc vil guten roten win.
1765 badis unde minnen
man denne mac beginnen.
man mac ouch in des winters
　　　　　zil
sicherlichen ezzen vil.
daz kumt von sulcher witze :
1770 der naturen hitze
meret der uzerste vrost,
des wirt verdouwet wol die kost.
　　Alexander, also du salt
dise lere wol behalt.
1775 zwei dinc (als ich leren kan)
machen kranc wip und man.
daz erste ist naturlich
und heiset alder: pruve mich.
daz ander heiset ein geschicht,
1780 ez schepfet die nature nicht.
Ipocras geschriben hat,
wen man von dem tische gat
daz nimant sulle minne pflegen,

　　　1709 huner — zygerin b　　10 lach — dine a　　11 kain b　　12 Oder b
14 glyd b　　15 trank b (purgatoria accipienda?)　　16 Oder es der zit bekeme b
17 lencz ab　　18 hebet an b　　21 trucken b　　22 fur b　　24 Vuer a über
essen — gewartt b　　25 ist mit e. b　　26 zu fehlt a　　27 Nicht audern laussen
so solt du b　　29 maze a　　32 ertrych b　　33 wol] alzo b　　35 herbst b
36 nu b　　87 truken b　　39 herbst b　　40 denne fehlt, stett b　　41 a. z.
wirt ir b　　42 aim wyb b　　43 entzuket: gerucket b　　45 Haisz spise vnd fychte
sol die sein b　　48 herbest zit a　　49 artzedy b　　52 in der h. summerfrist b
56 bom b　　57 fucht b　　58 wirt den b　　70 nature b　　72 wol fehlt a
73 O All. b　　83 sulle der a

ern wolle sich der gicht erwegen.
1785 milch und dar zu vische
iz nicht uber eime tische.
iz ouch nicht milch unde win,
oder du must uzsetzic sin.
wie der licham sie geteilet,
1790 wie ieglich glit wirt geheilet,
daz wil ich allez lazen sten
unde swigende ubergen.
idoch wil ich sagen hie,
daz die vergift icht schade die:
1795 wer nuze mit vigen ist
und rutenbleter dar zu mist,
dem schat des tages kein ver-
gift.
also spricht des meisters schrift.
von vischen und von wazzers art,
1800 welch win den menschen baz
bewart,
waz man des morgens nutzen
sal,
des wil ich swigen uberal.
von bade ich ouch nicht sagen
wil.
hie stet von arzdie vil,
1805 daz man nicht erkente,
wie ich ez benente.
O Alexander, hute dich
und gar wislich dich besich,
wiltu arzdie dich erwegen
1810 unde aderlasens pflegen,
daz tu nicht ane loube jo
der kunste von den sternen ho.
aller arzdie kunst
touc nicht an dirre kunste
gunst.
1815 ein ieglich dinc daz wesen hat,
daz dem himel understat,
nach dem planeten schicket sich,
der da siner art ist glich,

unde nach des zeichens art
1820 dar inne ist der sunnen vart.
ich kann nicht vil da von ge-
sagen.
daz saltu, bite ich, mir ver-
tragen.
so groz ist dirre kunste hort
daz en versmahn leiliche wort.
1825 von wurzen und von steine
wil ich hie sagen cleine.
etliche tun den lip gesunt,
etliche sich alle stunt.
etliche sint ouch, wer sie treit
1830 daz er jo sigerich besteit,
etliche sint geartet so
daz sie die lute machen vro.
noch ist vil maneger hande
craft
crute unde steine geschaft.
1835 si haben crefte ture
nach der stern nature.
alle wunderliche dinc
haben ouch ein ursprinc:
got ist der wunderere.
1840 hie laze ich dise mere.
waz hie stet von guten siten
daz blibet von mir unvermiten.
O Alexander, bis tugende vol.
got schicke dich und behute
wol;
1845 in sines schozes saze
ist gut ubermaze,
die immer ubervluzzic stet.
ieglich nature si entphet.
gerechtekeit ist lobesam,
1850 die gote ie eigenlich gezam.
darum daz riche billich stat
an dem, den got erwelt hat
unde in hat zu rechte
gesazt uber sine knechte,

1784 sich denne a gesicht b   86 eime fehlt b   88 uzzezsic a   89 lichnam b
90 gelid — gehailt b   97 tags b   99 fg. fehlt a   1800 Welchen — den
mensch b   1 niessen b   4 artzedye b   9 artzedy b   12 stern b   13 artzedye
kunste b   14 Tougt — gunste b   17 den a   20 stat der b   22 mir fehlt b
24 versmahen a verschmachent lychte b   25 gestain: clain b   27 tund dem b
28 siebe siech zu aller b   29 haut b   30 bestet a so sicherlichen bestaut b
34 stain b   36 sterne a stain b   41 hie nach b   43 tugent b   44 schick b
schicket und bed (letzteres radiert) a   45 ause b   47 vbervluzzet a   48 Jeg-
liche a   50 got b   51 rych billichen b   54 sein b

1855 daz er in beschirmen sal
lip und gut gar uber al.
er sie ir got in sime riche.
ein kunic sal sin gote gliche
und sal gote volgen ju
1860 an alle dem, daz er tu.
got ist wise unde kluc,
sin name hat eren me wan
gnuc,
sin herschaft ist so groz
daz ir kein lop wirt genoz,
1865 so groz ist sin gerechtekeit
daz sie nimmer wirt volseit:
von gerechtekeit der himel wart
geschaffen in so hoher art
daz er nach sinem werde
1870 gesatzt ist uber die erde;
gerechtekeit hat daz volant
daz die propheten wurdn gesant;
gerecht der vernumfte forme
stat,
die got selbe geschaffen hat
1875 und brachte zu der turen
ouch sine creaturen;
von der gerechtekeite craft
ist die erde so geschaft
daz ir kunege sin gesatzt,
1880 die sin also ho geschazt
daz ir undertanen man
in sullen zu gebote stan;
gerechtekeit die selen trost
und ouch von sunden si erlost;
1885 gerechtekeit ist harte gut,
welch kunic rechtlichen tut
der blibet an verterpnis.
dise rede ist war und gar
gewis,
habe wir des urkunde ja.
1890 sus sprachen die von India

'bas touc eins kuneges grechte-
keit
wen ein lant daz vil kornes
treit.'
die lute sprechen vurbaz
(daz ouch war ist sunder haz)
1895 eines landes herre wol gerecht
ist vil bezzer (daz ist slecht)
wen reinen unde touwen.
man vant ouch gehouwen
uf eines herten steines ort
1900 von krischer zungen dese wort
'der kunic und vernumft so clar
sin zwene bruder, daz ist war.
ir ein sal des andern gern,
ir kein des andern mac enpern.'
1905 die wurzel der gerechtekeit
vurder vernumft hat zubreit.
sal ein kunic rechte walden sin,
so muz er vernumftic sin:
lebt er in tummen wane
1910 gerechtekeit er blibet ane;
blibet er den ungerecht,
so wirt er snoder den ein
knecht.
gerechtekeit ist manicvar.
die eine die ist offenbar,
1915 man pruvet sie an der uzertat,
die ander verborgen stat
unde wonet binnen
bie des menschen sinnen.
die vernumft sie leren kan
1920 wes sie sal gelouben han
unde ist eine wisheit
al der rede die man seit.
gerechtekeit sal gesatzt sin
under dir und dem volke din,
1925 under dime schepfer unde di.
swer dinc schribt der meister hi,

1855 in] sie *a* 57 sy ain got, sime *fehlt b* 58 got *b* 59 volgen gote *b* 61 wiss *b* 62 Sine *a* 64 er *b* 67 vart *b* 69 von seinen *b* 70 Ez gesaczt *a* 72 wurden *a* werden bekant *b* 74 selber *ab* 75 der tor in *b* 76 seinen *b* 77 gerechtikait *b* 79 sind künig *b* 80 sind — hoch *b* 83 sele *b* 84 sie von s. lost *b* 86 richlichen *a* gerechtelichen *b* 88 red, war vnd *fehlen b* 89 vrkünd *b* 90 sprechen *b* 91 eines k. gerechtekeit *a* sins küngs ger. *b* 92 korns *b* 97 raine oder *b* 1900 zunger *a* zunge solche *b* 2 zwen *b*. vir war *b* 3 aine *b* kein *a* (fratres alter altero indigens nec sufficit unus sine reliquo) 4 kaine *b* 6 Vur der zu breit *b* Vor der so breit *b* (Ergo essentia justicie et radix ejus est intellectus et ipse est operans et deducens eam) 7 recht gewaltn *b* 9 Lebet *b* 10 blibet er *ab* 12 er *fehlt a* 14 eine ist *b* 15 sie *fehlt b* uzer tat *a* 18 sinne *a* 21 Unde ain *b* 22 red *b* 26 schribet *a*

des wil ich ein teil lazen sten
unde ouch zu deme gen
daz ein leie wol ervint.
1930 alle dinc geordent sint,
die hoesten und die nidern hi.
von der werlde ich sage die.
die werlt ist werliche
eime garten gliche
1935 in sulchem geschichte:
ir forme ist daz gerichte;
gerichte ist ein herre gut,
den elich recht hat wol behut;
elich recht ist daz kunicrich,
1940 da von der kunic nennet sich;
der kunic als ein hirte sie,
dem edel volc wonet bie;
edel volc sint soldenere,
die der schaz macht gewere;
1945 schaz sal gelucke wesen
zusamene gelesen
von den undertanen man,
die saltu vur knechte han,
die da von gerechtekeit
1950 den herren sint undrgeleit;
gerechtekeit ist also wert
daz man ir durch sie selbe
                gert,
ouch ist al dar an gelegen
der knechte heil und ir segen.
1955 daz wizze mit vernumfte
                craft
got allererst hat geschaft
der engele nature,
die erste creature.
dar nach als ez wol gezam
1960 die sele wesen an sich nam.
dar nach da geschaffen wart
die matherie in blozer art
daz sie der maze gar enpar.
die maze ist drierleie var,

1965 tif lanc unde ouch breit.
in die dri wart ein lip geleit,
dar nach ein licham milde
in daz aller edelste bilde,
der also gezirkilt stat
1970 daz er alle dinc begriffen hat.
siben planeten vint man da,
dar nach vier elementa.
Saturnus hat die hoeste stat,
Jupiter im under trat.
1975 Mars der planete dar nach get.
die sunne al dar under stet.
dar nach Venus kumet gach,
Mercurius im volget nach.
der mande helt daz nider zil.
1980 die elementa ich nennen wil:
vuer wazzer luft und erde.
dar nach liez got werde
daz sich der himel ummeswanc.
ieglich planete im wider ranc
1985 uber die vier elementa.
der tac die nacht wurde al da.
vuchte truge heiz und kalt
wart da zusamne gevalt.
daz swere und daz lichte
1990 in wunderlichem getichte
gemischet undr einander wart
von des himels ummevart,
die da zusamne quamen:
alle dinc ir wesen namen,
1995 die in der erden entsten
oder uf der erden gen.
Nu pruve waz ich meine.
in dem ertrich sint steine
da wechset silber unde golt
2000 und vil sulcher dinge solt.
uf der erden man vint
dinc die da wachsende sint
und enhan der sinne nicht:
die boume sint also geschicht.

1928 Und wil zu dem *b*   29 ain lere *b* vernimt *a*   30 geordnet *b*
32 welt *b*   33 werlich: gelych *b*   36 in forme *b* (ejus [mundi] materia seu
species est judicium)   37 herren *b*   42 edeln *b* edelvolc? (proceres)   43 sold-
nere *b*   46 samen *b* vnderg. *ab*   52 man sie — selber *b*   53 der an gelein *b*
54 knecht — ir sin *b*   55 wicze *a*   56 alle erst *a*   57 engel *b*   61 nach
dye *b*   62 beser *b*   63 die *b*   66 gerait *b*   67 lichnam *b*   68 Jus alle
edelst *b*   75 planet *b*   77 kumpt *b*   79 tail *b*   81 luft wazzer *a* erden:
werden *b*   82 Da *a*   83 der *fehlt b*   84 planet *b*   86 wurden *ab*   87 truken *b*
88 gewalt *a*   91 under *ab* ein *fehlt b*   97 Nun *b*   2000 ding *b*   2 wachsent *b*
3 hand der sunnen *b*   4 boum *a*

2005 man vint ouch andere dinc,
die nicht sin der sinne linc,
der vernumft sie doch enpern
die wile sie leben unde wern,
daz wil ich so beduten die:
2010 zu dute heizet ez ein vie.
dar nach vindet man ein tir,
daz ist edel unde zir,
daz sie dir aller best bekant,
ein mensche so ist ez genant.
2015 die selbe creature
ist so uberture
unde hat so groses heil
daz sie nimt aller dinge ein
     teil.
vurbaz pruve die rede min.
2020 wiltu kunstenriche sin,
von erst selbe kenne dich
unde denke steteclich
wie ez um dine sele sie:
sie ist dir allernehest bie.
2025 dar nach ouch erkenne
die andern die ich nenne.
die sele die da wachsen tut,
die hat ein teil crefte gut,
da mit sie nutzis vil gebirt
2030 wen daz kint entphangen wirt
biz an etliche zit,
die ir der hoeste erbere git.
denne ein ander sele kumet
die dem entphangen vrumet
2035 unde tut gewinnen
im die vumf sinnen.
zu lest nimt die herschaft
der vernumftigen sele craft.
die entphet ir erste bekentnis
2040 von dem schine des sinnis.
waz ir in dem sinne stet,
des bekentnis sie entphet.

da von sie denne creftit sich.
sie erkennet geistlich
2045 unde wol vernimet daz
dar zu der sin ist al zu laz.
dar nach so vol wirt ir mut
daz sie scheit bose unde gut.
welch sele volkumenheit enphet
2050 e den sie von dem libe get
und sich cleit mit tugende
in daz alder von der jugende,
die enphet dort gotes riche
und wirt dem engele gliche,
2055 dem sie wol behegelich was
die wile sie in dem libe saz.
welch sele nicht volkumen
     wirt,
so daz sie tugende enpirt,
die vert in der helle tal:
2060 immer sie da bliben sal
an alle hoffenunge
in der jamerunge.
da got wert aller eren
geschuf den menschen heren,
2065 da gebot er im zu tune gut
und verbot im bosen mut.
um daz gute schone
golopt er im die crone,
um daz bose die pin.
2070 er machte den licham sin
daz er wart vil gliche
genzlich eim kunicriche.
houptlute sazte er darin:
daz sint die vumf sinne sin,
2075 die suln den lip bewachen
vor allen bosen sachen;
waz er zu noten haben sal
suln sie besorgen uberal.
got gap dem menschen zu heile
2080 in des libes uberste teile

2005 ander *b*   6 sunnen *b*   8 lebent und werent *b*   10 tütsche *b*
13 beste *b*   14 mensch *b*   18 nymmet, ein *fehlt b*   20 kunst rich *b*
21 erst *fehlt*, selber erkenne *b*   24 nächte *b*   25 kennen *b*   26 anderen wil
ich nennen *b*   32 Die erhöste *b* got git *a* (ab altissimo glorioso)   33 andere *a*
andre *b*   34 entpfangenen *a*   36 An jm *b*   37 niemat *b*   38 selen *b*
39 ir *fehlt b*   43 creftig *b*   46 zu er nicht ist lasz *b*   47 ir] der *b*
48 schaidet *b*   49 vollenkumenheit *a*   50 dem *fehlt b*   51 claidet *b*   52 Jns *b*
54 engel gelich (: rych) *b*   56 wil *b* saz *fehlt a, ein w an der Stelle radiert*
57 sel *b* vokumen *a*   60 belyben *b*   61 hoffnunge *b*   63 ere: here *b*
65 tünde *b*   67 güt *b*   69 Vnd u. d. böaz *b* pine: sine *ab*   72 eime *a*
73 Houptlut satzt *b*   75 sullen *a ebenso* 2078   80 Ins *b*

einen kunec, den nenne ich di:
er heizt vernumft. nu pruve hi:
vernumft des riches crone treit,
(daz kumet von ir wisheit)
2085 sie gebutet den vumf sinnen
daz sie icht boses beginnen.
wolden sie ir wesen undertan,
so blibt daz rich mit eren stan;
werden sie irme kunege gram
2090 und ouch im ungehorsam,
so wirt daz riche gar verlorn,
der mensche erarnet gotes zorn.
dar umme wiltu sin geert,
so tu waz die vernumft dich lert:
2095 sus blibestu ane sunde,
verwar ich dir daz kunde.
an der vumf sinne craft
lit gar des libes herschaft.
hie von, kunic here,
2100 nim eine gute lere,
habe ouch vumf uberman;
so vil saltu ir zu rate han,
die dins gerichtes pflegen
von dines selbes wegen.
2105 sie sullen nicht bie einander sin,
so wirt iegliches wisheit schin.
dine heimlichkeit bedecke
ir keime sie enplecke.
waz du habest willen
2110 daz halt in einem stillen.
ir keime saltu dich ergeben,
daz du sines rates wolles leben;
wen man vindet manegen man,
dar umme daz er raten kan,
2115 daz er im selber baz behaget
wen jener der den rat vraget.
tu en nicht din gebrechen schin,
oder sie werdn nicht achten
din.

heiz sie al zusamne kumen.
2120 wen du sie denne hast vernumen,
ist ir antwurt zu drate,
so tu nach mime rate:
wen sie alle reden jo,
so sprich 'ez mac nicht wesen so,
2125 ir sult uch baz bedenken,'
so muzen sie sich lenken
und irn sin dar nach winden
wie sie daz beste vinden.
wen du sie denne hast gehort,
2130 so pruve iegliches wort
und kus welch daz beste sie,
daz laz dir heimlich wonen bie:
ir keime saltu dich verjehn
biz daz siz an den werken sehn.
2135 vil gar mit vlize daz besich,
ob er mit truwen meine dich
und ob er rate in sulchem mut
daz ez sie dime lande gut.
O richer kunec, des rechten
walt,
2140 dine ratlute gliche halt,
gib keinem vor dem andern
nicht,
wan umme so getane schicht
dem kunege wirt sin lant ver-
kert,
der einen vur den andern ert.
2145 du salt ouch rechte dich besehn
unde einen jungen nicht ver-
smehn.
man vint mangen jungen man
der harte wol· geraten kan,
ouch kumt von der planeten
art,
2150 under den ein kint geboren wart,
daz ez nicht me geleren mac
die wile ez lebet einen tac,

wen im von himel es bekumen.
des hab wir ein glichnis genu-
   men.
2155 ez quamen in ein dorf gegan
zwene wol gelarte man.
eine nacht sie bliben uz
in eines armen webers hus,
des husvrowe in der nacht
2160 einen sun zur werlde bracht.
die geste warn da gerne.
sie sahen an die sterne,
von ir kunsten alzuhant
von dem kinde in wart bekant
2165 daz ez gewunne wisen mut
und eine hant zu schriben gut,
daz ez zu rate wurde kluc
unde haben tugende gnuc
daz kunege unde herren
2170 ez begonden eren.
do sie ersahen dise geschicht,
si sagten ez dem vater nicht,
sie trugen harte stille daz.
da daz kint gewachsen was,
2175 der vater den sun heren
weben wolde leren.
wenic tochte er dar zu.
er rouften unde slugen ju.
zu lest der sun den mut gewan
2180 sinem vater er entran,
zu schule er sich wante.
vil wisheit er erkante.
er tet als im wol gezam.
gute siten er im nam,
2185 er wart zu sime gelucke
zu rate also pflucke
daz er wart nach siner ger
eines kuneges oberste richter.
hie wider also geschriben stat,
2190 geschach ein wunderliche tat.
des kuneges sune von India,
die geborn wurden da,

wie sie dem vater waren zart,
idoch von wunderlicher art
2195 des himels und der sterne,
doch lernten sie nicht gerne;
nicht liezen sie in wol behagen
als der smide kunst bejagen
uber al daz kunicriche
2200 sante man sie erliche,
daz was alles gar verlorn.
sie waren zu kunst nicht geborn.
der kunic diz erkante,
vil meister er besante,
2205 er vragte sie der mere
war umme diz so were:
die meister sprachen unvro
sie weren von nature so
und von der planeten craft
2210 weren sie also geschaft.
dar umme saltu nicht versmehen
einen man also ersehen
daz er krankes libes sie:
kunst im wol mac wonen bie.
2215 ist er denne ein wiser man,
so saltu in immer bie dir han.
du wirst ouch von im wise,
daz stet dir wol zu prise.
ich spreche rechte wisheit
2220 alle tugent bie ir treit,
die warheit und die truwe
an alle afterruwe.
ein wiser man hat steten mut,
er ist gerecht unde gut,
2225 er setzet al sin sinne
wie gut wort er gewinne,
an eren ist er unverzaget,
der schanden hat er widersaget,
er pfliget aller hubescheit,
2230 waz bose heizt daz ist im leit.
diz zimet eime kunege wol,
von rechte er ez ouch haben
   sol;

2154 habe *b* ein *fehlt a*   55 gegangen: mannen *b*   57 Ain *b*   58 ains *b*
60 zü der *b*   66 ain *b*   67 raut *b*   68 tugent haben *b*   70 Es ouch *b*
77 da *a*   78 röfft jn *b*   84 er an sich *b*   85 seim *b*   86 raut *b*
88 oberster *b*   90 eine *a*   91 sun *b*   93 weren *b*   96 larten *a*   98 Waz
zü kunst sie mochte tragen *b*   2203 dez *b*   5 frauget *b*   8 waren *a*
naturen *b*   12 versenchen *b*   13 also du in haust gesen *b*   19 sprich *b*
22 alle *fehlt a*   25 sine *a*   26 er güt wort *b*   29 huscheit *a* wisshait *b*
30 ist dz *b*   31 zimpt aim *b*   32 recht *b*

so mac sin ere vur sich gan
und sin lant ordeulichen stan.
2235 er bege nimmer keine tat
ane cluger lute rat.
rat ist als ein ougenbren,
daz verre dinc wol mac spen.
als der cleine wazzervluz
2240 dem mere machet uberduz,
von rate cluger herren
die wisheit mac sich meren
die an eime kunege lit,
als ein alder meister git.
2245 ein cluger man der sprach also
'sun, du salt gutes rates jo
leben, wen du bist alleine
under alle der gemeine.'
    Ich wil dich aber leren:
2250 nimmer keinen herren
saltu dir machen gliche
in dime kunigriche
so daz er dine stat verste:
vil arges mac da von erge,
2255 wen von sime rate
mochte harte drate
din riche werdn verterbet
und du selbe ersterbet,
er dechte uf den vrumen sin
2260 und ermete die lute din.
vumf ratlute habe oder dri,
der zal wont vil genaden bi.
zu horne nu geruche
wie du rechte versuche
2265 welch ratman dir geraten muge
so daz ez dinen eren tuge:
diz ist daz erste gelucke.
tu ob dich kummer drucke;
welcher dich dan dar zu reist
2270 und dinen schaz zuteilen heist
oder dine lute schinden,
den saltu so ervinden

daz er din riche storen wil,
und hat er truwe, der ist nicht
            vil;
2275 welcher aber sprichet so
'herre, ir sult wesen vro:
waz ich von uwern gnaden habe,
daz wil ich allez legen abe
unde vur uch setzen,
2280 uch sal kein kummer letzen':
der ratman ist wol lobes wert,
der sines selben schaden gert
durch dines namen ere.
nu hore vurbas mere.
2285 den ratman ich nicht lobe,
der da gert nach gobe.
er es wol sime herren holt,
daz machet silber unde golt.
der man sich nichtes schemet,
2290 wer gutes girlich remet,
ein ganzes lant brengt er in
            not,
eime kunege tut er den tot
um des gutes libe,
er ist erger eime dibe.
2295 nu tu als ich bedute.
heiz dine ratlute
daz sie sich zu dir wenden
und nicht brive senden
vremden hern in ander lant
2300 der mut ist snel und alzuhant
groz gelubde in verkert.
dinen herren sie gewert,
ob ir keiner sprachen wil
mit vremden vursten alzu vil.
2305 wol tut eines kuneges rat
der dise tugent an im hat,
die ich hie wil nennen
daz man sie muge irkennen.
    des libes er sich wol vermuge,
2310 daz er zu den werken tuge

    2234 ordenlich *b*   35 kain *b*   37 Nit — aines o. sechen *b*   38 mag wol
erspechen *b*   39 wazzers vluz *a*   43 aim *b*   44 cluger *b*   45 der *fehlt b*
46 solt rautes leben *b*   47 Wen, allain: gemain *b*   49 Alexander ich — leren
dich *b*   50 h. sich *b*   53 deim *b*   55 er von *b*   56 Mechts hart *b*   57 wer-
den *a* rych gar verterben *b*   58 selber *a* selber ersterben *b*   61 hab *b*   62 Dir
sol wonen vil *b*   64 rechtlich *b*   67 erst *b*   69 da *a*   70 Vnd deim gesinde
abezüchen haist *b*   74 er *fehlt b*   81 wol eren *b*   82 seines schaden selben *b*
84 Allexander her *b*   86 da *fehlt,* geret *b*   88 macht *b*   89 nichtz schamet *b*
90 gärlich *b*   91 gantz — bringt *b* brenget *a*   92 Aim küng *b*   94 den dibe *b*
dime *a*   99 herren *ab*   2303 sprechen *ab*   4 herren als *b*   9 lebens *b*
10 Dz zu werken *b*

dar zu er gekorn sie.
dar nach sal im wonen bie
gut wille und vernumftekeit
zu vernemene waz man seit,
2315 dar zu merke er waz er hort,
kein swere sache in habe getort.
kegen alden unde jungen
sie er suzer zungen.
dar nach sie ouch sin zunge
2320 gespreche an rechenunge.
sine rede wese clar
unde zu allen ziten war.
er sie an siten wol getan,
daz mit im sie gut ummegan.
2325 uberaz und ubertranc
und der minnen uberswanc
. er mide unde topilspil,
ir keines pflege er alzu vil.
er versme zugenclich gut,
2330 daz er ich gere ubervlut.
sin mut ouch immer sie gereit
zu eren und zu werdekeit:
er habe liep gerechtekeit
und laze im unrecht wesen leit.
2335 ieglichem tu er sulche tat
also er verdinet hat.
dar nach habe er steten mut:
waz im zu tune dunket gut,
kunlichen erz voljage
2340 und sie nicht ein zage.
mit nichte er ouch laze
er enwizze jo die maze
an al der kost die man beget,
die dem hove zugestet.
2345 waz dem riche nutze si
daz sal im alles wesen bi.
dem gesinde er so tuge
daz in nimant beclagen muge
wen an sulchen dingen
2350 die man jo muz volbringen.

er sal nicht lachen alzu vil
und nicht claffen uber zil:
daz volc dem manne gutes gan
der die maze halden kan.
2355 sin hof sal wesen offenbar
den luten, die da kumen dar.
er wolle gerne vil ervarn,
die undertanen wol bewarn,
ir bosen werc er schelde,
2360 da von kumet manege selde.
er troste sie in leiden
und heize sie sin bescheiden.
ein richter ader ein ratman
sal dise tugent an im han,
2365 so mac er rechtes walden
und gewinnet lobes salden.
    Under al siner hantgetat
got nie kein dinc gemachet hat
so edele und so ture
2370 als die creature
die ein mensche ist genant
daz sie dir hie bie erkant.
an im lit so grozez heil,
er hat mit allen dingen teil.
2375 an kunheit ist er riche
und dem lewen gliche.
er ist bloder den ein hase
der sich furcht in dem grase.
milde als ein han ist er zu stunt
2380 und ouch giric als ein hunt.
er ist ouch als ein rabe hart.
er hat der turtultuben art.
er hat des vuchses trugenheit
und des schafes einvaldekeit.
2385 als ein rech er in sprungen get
und als ein ber er vullich stet.
er ist ture als daz elephant
oder als ein esel snode erkant.
er wil nicht undertenic sin
2390 als daz cleine kungelin,

    2311 geborn a bekorn b (quibus preest)   14 verniemen b   15 merk — höret:
töret b   18 er ouch b   20 gesprech an rechnunge b   21 Sein red b   25 Wber
asse b   26 minen a   28 er fehlt b   30 ger b   31 ouch sy i. b   33 fehlt b
34 lausz ain b   35 tu fehlt b   36 Als a   37 starken a   38 Daz b
39 Kunlich er b   nach 40 Er hab lieb gerechtikait b   41 laussen b   42 Er
wiss — massen b   47 gesind b   50 Die müsz man nun v. b   51 laussen b
57 sol b   60 kompt manch b   61 tröst b   62 haisz b hore a   66 ge-
winnen b   Vor 67 Von maniger dinge underscheit Die an den menschen sin geleit a
71 mensch b   76 deme a   77 bleder b   78 sicht a vnrecht jm b   80 geret b
81 ouch fehlt b   82 haut ouch der tuben b   85 er springen b   86 und fehlt,
er fehlt b   87 Ere b thure a   89 vndertan b   90 clain künglin b

oder er wil understan
als der pfawe wol getan.
er ist torecht als der struz,
nutze als ein bine in irm hus
2395 er ist unkuscher wen ein swin,
kusch als daz turtultubelin.
dise rede ist alles war.
etliche tir sint tugentvar,
etlichen hanget laster an;
2400 (du salt rechte mich verstan)
ouch ist ez undr den luten,
als ich wil beduten:
etliche die sint erenrich
und sint den guten tiren glich,
2405 etliche sint so snode
beide arc uud blode,
daz sie nicht haben underscheit
an dirre tire snodekeit:
sie sint glich dem huwen
2410 und der mus an untruwen,
dem wolve gliche an roube;
ich spriche daz mit loube:
etliche sint so lastervar
daz sie sint vil nahe tuvele gar,
2415 etlicher tugent ist so groz
daz sie den goten sint genoz;
sus hat gemeinunge
mit aller schepfunge
der mensche. daz sie dir bekant,
2420 die minre werlt ist er genant.
Nu hore waz ich lere.
du salt dich huten sere
vor dem, der so torlich gat
daz er nicht din gelouben hat.
2425 ir muget nicht uberein getragen.
des wil ich dir ein glichnis
sagen.
eime juden quam begent
ein magus reit von orient

uf einem mul, daz was so cluc
2430 daz ez im sine spise truc.
do er den juden an gesach,
in sulcher wise er zu im sprach
'welch ist der geloube din?'
der jude antwurt der rede sin
2435 'ich geloube gar sunder spot
daz in dem himel ist ein got.
den bete ich zu allen ziten an.
lon sal ich von im enphan,
und wer in mim gelouben stet
2440 daz himelriche er enphet.
wer mir nicht glich gelouben wil,
dem mac ich wol tun arges vil,
sines gutes in berouben;
hat er nicht min gelouben
2445 ich mac sin blut vergisen,
mich sal des nicht verdrisen,
wo ich im icht gutes tu'.
Der jude sprach 'nu sage
ouch du
wie din recht geloube si'.
2450 der magus sprach 'daz sag
ich di.
ich habe einen sulchen mut
allererst wunsch ich mir selber
gut,
dar nach al mim geslechte.
min geloube stet so rechte
2455 daz ich truwe halden sal
kegen allen luten uberal.
an daz herze ez mir get
wo imande arges icht enstet.'
der jude sprach 'nu sage mir,
2460 tut imant icht arges dir,
ist din rache icht swere?'
'got ist ein recht richtere'
sprach der heiden alzuhant,
'alle dinc im sin bekant,

2392 pfaffe b 93 thorecht a als ain b 94 bin in jrem b 95 den b
96 turteltublin b 97 aller ab 99 hangent b 2401 Ez ist ouch b under ab
3 Etlich b ebenso 5 4 gelich b 6 blede b 8 In der tyere b 9 gliche a
11 volve sin a glych b 12 sprich b 14 sint fehlt, nach tüffel b 15 sind so
gar b 19 Her dz sy b 20 Die nuwe a 21 ich hie b 23 sol da b
24 dinen ab 26 ein fehlt b glichnisse a 28 heiden der a 29 mule a
32 wisz b 33 Welchs — gloube b 34 iud b so auch im ff 35 gloub b
37 an fehlt a 39 minem a 41 glich fehlt b 44 minen ab glauben b
47 gute b 48 sag b 50 heiden a 51 hab b 52 selber fehlt b
53 minem a 54 gloub b 57 hertz b 59 yemant icht arges b 61 rauch b
64 sind im b

2465 den guten er gut geben wil,
den bosen arges alzu vil.'
der jude der sprach harte balt
'ich bete dich din gelouben halt
mit der tat in sterken,
2470 daz ich daz moge merken'.
der heiden sprach 'wie meinstu
daz ?'
der jude antwurte im an under-
laz
'du sihest daz ich zu vuze ge,
ouch tut mir der hunger we,
2475 du ritest und bist harte sat'.
der heiden an der selben stat
von sinem mule er do sas
und erbeiste nider uf daz gras.
uz sinem wotsac, den er truc,
2480 gab er dem juden spise gnuc.
dar nach er in riten hiez.
der bose jude des nicht enliez
er ilte vor sich harte gach.
der heiden rif im hinden nach
2485 daz er sin wolde biten,
er begonde vaste riten.
der jude sprach 'du tore,
ja sagte ich dirz vore
daz ich nicht sal getruwe sin
2490 wan ot den genozen min.'
da der heidenische man
sich des dinges recht versan,
er gedachte an die mere
'got ist ein recht richtere.'
2495 sin lob er ufrichte
in sulchem geschichte.
er sprach 'got, dir ist bekant
wie ez um mich sie gewant.
ich wol ie geloupte die,
2500 din lob wise an dem juden
hie.'

do der heiden diz gebat,
sinen wec er vor sich trat.
dar nach schire wart volant
daz er den juden ligen vant,
2505 daz bein hat er zubrochen.
der heiden was gerochen.
daz mul sich ummewante,
sinen herren ez erkante,
er saz dar uf (im was ouch ga)
2510 den juden liez er ligen da.
der begonde schrien jemerlich
'eia, erbarm dich uber mich.'
der heiden sprach 'daz tun ich
nicht.
du tetist als ein boser wicht
2515 und ane barmeherzekeit
schufe du mir herzeleit.'
der jude sprach 'nu laz daz
sin.
ich wiste dir den glouben min,
den mine eldern han erkorn
2520 und da ich inne was geborn.'
der heiden gevinc guten mut,
er tet doch dem juden gut.
barmeherzekeit in rurte
daz er den juden vurte
2525 und brachte in in die selbe
stat,
da er sich hin vuren bat.
er gab in ouch den magen sin.
bie den starp er in jamers pin.
der kunic von der selben stat
2530 ervur des heiden vrume tat,
er hiez in zu hove kumen.
da er rechte het vernumen
daz er so grozer tugende wilt
und sin e so rechte hilt,
2535 nach des selben kuneges ger
wart er sin oberste richter.

2468 bitt *b* dinen *ab* 69 tät in der *b* 70 müg *b* 71 heide *a* 73 sest *b*
77 seim mul *b* do *fehlt a* 79 wotsacke *a* 80 genug *b* 82 dz nicht liesz *b*
83 ylt für *b* 84 ruft *b* 86 Der iud ward vaste *b* 87 Und sprach zu
im *b* 88 Ich saget dir es *b* 90 ouch *b* 91 haidnisch *b* 93 daucht *b*
die *fehlt a* 94 recht *fehlt b* 96 gedicht (: richt) *b* 99 Wol ich ie gelobte *b*
2500 bewise *b* den *a* 6 ward *b* 9 gach (ch *radiert*) *a* 10 Der iud
riefft vaste nach *b* 11 Mit seiner stymm j. *b* 12 erbarme *ab* 13 heiden
fehlt, nich *a* 16 Schuftu *a* Schufestu *b* 18 wisete — glouben *a* 19 mein *b*
20 bin *b* 21 vieng *b* 27 den juden *a* 29 in *b* 32 er in *a* 34 sine *a*
36 oberster *b*

Alhie ich dir sagen sol,
du salt dich behuten wol
daz du dir immer keinen brief
2540 lasest schriben einen gief.
cluge lute kus dar zu,
wen (als ich dir sage nu)
an des schribers behendekeit
pruvet man din clucheit;
2545 und diner rede beduter
ist ein behender schriber,
sin schrift zieret als ein cleit
dine redesamekeit.
daz dir selber vuget wol
2550 ein schriber an im haben sol.
er sie cluc und gedechtic,
daz er diner rede stric
kunne entslizen sunder wan.
an truwen sal er veste stan,
2555 daz er din ere mere
wo er hine kere.
er sal sin gewarsam,
daz er sich hute allentsam
daz icht werde valsch gestift
2560 an diner heimelicher schrift.
er sal ouch wesen gar verswigen.
vindestu einen so gedigen,
dem lone wirdecliche
an dime kunicriche.
2565 Ein sulch sin dir wese bi,
daz din bote wise si.
er sie getruwe und ereber
und habe zu dem besten ger.
man pruvet an dem boten wol
2570 wie man jenen halden sol
und ez umme jenen sie gewant
der den boten hat gesant.
ein wiser wise boten sent,
da mite er sin dinc volent. ·

2575 dar umme du dir kisen salt
einen boten so gestalt
daz er wislich reden kan
und die antwurt wol verstan,
daz er din ere meret
2580 wo er hine keret,
und stet noch dime lobe
und mutet keiner gobe
an jeme da du in sendest hin.
hat er aber sulchen sin
2585 daz er sinen vrumen schaft
und dine botschaft veraft,
so laz in von dir scheiden
e er dich brenge zleiden.
welch bote ubertrankes pflit,
2590 so daz er dicke trunken lit,
den saltu nicht uzsenden,
er mac dich eren pfenden.
in Persia da was ein site,
da versuchte man die boten
mite.
2595 man hiez in willekumen sin
unde schancte im guten win
und bat in immer mere
daz er trunke sere.
was er den dem wine holt
2600 daz er wart ein trunkenbolt,
davon prufte man zu hant
daz jener der in hat gesant
were ein kindischer man.
diz saltu cluclich verstan,
2605 und hut dich vor der tummen
tat
daz du icht dinen hoesten rat
sendest von dir verre:
ob dir bin des icht werre,
wen er nicht bie dir is,
2610 daz were din verterpnis.

Vor 2537 Herre er kunig ich tn uch schin Wie uwer schriber sulle sin *a*
37 Allexander dar vm ich sagen *b*   38 wol *fehlt a*·   39 Daz nymmer kain *b*
40 Dir laussest *b*   42 dirz *a*   43 schriberes *a*   44 dine *a* die *b*   46 Sy
ain behend *b* schriben *a*   47 Sine *a* geschrifft *b* ein *fehlt a*   48 Dein *b*   52 er
fehlt a   53 künde enzien *b*   54 trwe *b*   55 dine *a* mere dein *b* 57 gehor-
sam *b*   60 haimelichen geschrift *b*   61 sal *fehlt a* wesen ouch *b*   62 ain *b*
63 lon *b*   *Vor* 65 Herre min nu merkit wol Wie man boten senden sol *a*   66 bott *b*
67 erbere *b*   68 zu habe zu *a* hab zu den *b*   69 by den *b*   71 in sy *b*
72 wis *b*   75 du erküssen *b*   79 Do *b*   86 dein — vir haft *b*   88 bringe *b*
zu leiden *ab*   89 Welcher bott *b* vber trankz *a*   90 dyk *b*   94 versucht *b*
95 wolkommen *b*   98 trunk *b*   2601 bryfften sie *b*   2 hett *b*   4 klüglichen *b*
5 hute *a* vor *fehlt b*   6 ich *a*   8 bynnen ich *b*   9 icht *b*

dir hat gesait die zunge min
wie din bote sulle sin.
er werbe unde spreche
daz er nicht abebreche
2615 und daz er nicht lege zu
an dem, daz im bevilst du.
welch bote sich nicht schemet
und jo gabe remet
und durch gelubde oder durch
gelt
2620 heimeliche botschaft melt
und also veraffet sich
daz er nicht wirbet volleclich,
da setze ich keine maze zu
wi vil in pingen sulles du.
2625 din gesinde werliche
halt eime garten gliche,
der vil sulcher boume hat
da von edele vrucht enstat;
gliche sie dem uncrute nicht
2630 daz gar ane vrucht verblicht.
wie cleine ein gesinde sie,
da lit doch groze ere bie,
wen heldet manz in rechter
zucht,
so brengt es manege werde
vrucht.
2635 ir notdurft jo betrachte.
halt ieglichen in der achte
als dir und im gezeme
so blibet ir an scheme.
setze in einen uberman,
2640 der sie recht besorgen kan,
der cluc sie und geduldic
und boser siten unschuldic:
wen ist er boser. siten zwar,
er macht sie widerspenic gar;
2645 aleine sie vor wesen gut,
er macht in allen argen mut,

zulest wirt er ummere
als ein boumgertenere,
der in so tragem mute lit
2650 daz er der boume richt enpflit.
habe einen scheffer, des es gnuc.
er sie getruwe unde cluc.
hastu ir me, daz ist ungewin.
ieglicher setzet sinen sin
2655 und denket vru und spete
wie er ubertrete
die andirn, daz er dir behage.
beide nacht und tage
vint er bose tucke,
2660 wie er die armen drucke,
daz er nutze schine
an dem dinste dine.
er spricht er tu ez zu gute
dir:
er luget, daz geloube mir,
2665 er tut es in sulcher wise,
daz du sin dinst prise
und daz er deste lenger sie
und sime ampte wese bie.
Bis cluc und volge drate
2670 als ich dir nu rate:
alle dine herren
saltu gerne eren.
laz sie zu dem dienste din
alle wol geordent sin.
2675 du salt sie nicht gliche halden,
ob du wilt rechtes walden;
ieglichen halt nach siner tat,
die er selbe begangen hat,
oder in sitzen laze
2680 nach sines alters maze.
die vierde zal ist vollen-
kumen,
zwei dri einez ist darin genu-
men.

wer die wol zusamne slet,
die zehende zal davon entstet.
2685 die zal ist vollenkumen gnuc,
dar umme bis an sinnen cluc
und kus ouch vier houbtlute.
als ich dir bedute
got, aller creaturen heil,
2690 teilte die welt an vier teil.
daz hat geschickt sin hoer rat
daz osten wider westen stat
in wunderlichem orden,
daz suden kegen dem norden:
2695 sus suln ouch vier houptlute sin
in al dem riche din.
der vier sal ieglicher han
zehen man, die sin stat verstan.
die zehen sin underman genant.
2700 da bie sal dir sin bekant,
so sal der ieglich underman
under im zehen vurer han.
ieglich vurer uberal
zehen techande haben sal,
2705 und ieglich techant sunderlich
uber zehen striter vermuge sich.
sus wirt ieglich gebiter
haben zehen tusent striter.
wiltu den tusent ritter han,
2710 so ruf eime houptman:
zehen underman mit im kumen
als du hie vor hast vernumen;
der ieglich noch siner ger
brenget mit im zehen vurer,
2715 und ieglich vurer brenget zwar
zehen techante mit im dar,
so brenget ieglich techant
mit im zehen stritere alzuhant,
zehen tusent wirt aller ir.
2720 diz laz wol gevallen dir:
darftu tusent aleine,
tu als ich dir bescheine,

ruf ot einem underman.
als ich dir gesaget han,
2725 mit dem kumen zehen vurer,
ieglich vurer nach siner ger
mit im zehen techande hat,
ieglich techant, wen er gat,
mit im brenget zehen stritman,
2730 bie dir an der zal tusent stan.
darftu hundert striter,
gebut einem vurer.
mit dem zehen techande kumen
und ieglich techant hat genu-
men
2735 zehen stritman, der er nicht
enpirt,
alsus ir aller hundert wirt.
vernim waz ich meine:
darftu zehen aleine,
eim techande daz bedute,
2740 der brenget zehen stritlute.
O Alexander here,
tustu nach dirre lere,
so wirt dir din volc jo gereit
gar mit lichter arbeit.
2745 du must gutlich und hubisch
sin
allen edeln herren din.
einen durch des andern wille
offelich noch stille
du nimmer versmehen salt:
2750 ieglichen noch siner werde halt.
du must ouch haben uzer-
korn
daz groze meisterliche horn
daz ein cluger meister vant,
der was Themistius genant.
2755 diz horn ist wunderlich getan.
wiltu eines tages han
din volc gar endeliche
uber al din kunicriche,

2684 zechent b   85 volkumen (gnuc fehlt) b   86 Do bys an clüg mit s. b
90 Tailt b welt fehlt a   91 geschicket a   92 gat a   95 sullen ab, ouch fehlt b
96 allem b   98 sine a   99 zehene a   2701 Dz der b   2 Sol zechen b
4 tächent b   6 stritere a   7 gebyteger b   8 haben fehlt, das letzte Wort radirt a
9 rittere a (zen tusent striter?)   13 iegliche a   14 tächent b   18 strytter b
19 ir aller a   21 allain: beschain b   23 och aim b   27 tächant b   30 der
ander a Die ander b   33 tächent b   35 er fehlt a   36 aller fehlt b
38 zehener b   39 Eime a Aim tächant bedütte b   41 herre a   42 lieber h. b
43 dir fehlt b   45 vnd beschaiden b   46 edlen b   48 offenllich vnd b
49 niemant b   50 seim b   55 maisterlichen b   57 endlich b   58 kunkrych b

so habe diz horn gar unzu-
stort:
2760 uber sechzic mile man ez hort,
ich meine al um und umme
die gerichte und die crumme.
du salt nicht dicke suchen strit,
lebe rates zu aller zit.
2765 habe kein bokummernis
als der der uberwunden is,
der kegen dem strite so verzagt
. so daz er nimmer lop bejagt.
du salt nicht selbe striten vil.
2770 die clugen halt an dime zil.
bis nicht alzu vermezzen.
du salt des nicht vergezzen,
wo ein kunic kegen dem an-
dern lit,
under in ist ein sulcher strit
2775 daz ir ieglich dar uf tracht
wie der ander werde geswacht.
iegliches samenunge
hat des hoffenunge
sie sulle der andern angesigen
2780 also daz sie vor in geligen.
also lange wert der strit,
bis daz die hoffenunge gelit:
die schar sigelos bestet,
welch den zwivel erst gevet.
2785 des troste du di dinen jo
und mache ir gemute vro,
gelobe in immer gabe vil
und der eren uberzil,
und din gelubde stete halt,
2790 so wirdestu mit eren alt.
bis zu allen ziten wol bewart,
wen du verst eine hervart,
bis gewapent und behut
unde habe vesten mut,
2795 ob dich din vient vinde,
daz er icht uberwinde

dich endelichen drate.
beide vru und spate
laz dich wol bewachen,
2800 so mac dich nimant swachen.
dine buden und gezelt
saltu setzen uf ein velt,
dem ein berc lige na
und ein wazzer vlize da.
2805 dime her sie vil spise bie
und me wen immer not sie.
du ensalt ouch nicht vermiden
ebenhoen unde bliden.
puken, schalemien
2810 saltu da lazen schrien,
wen ein ieglich vreidic lut
es dem her lieb und trut.
du salt ouch haben in dime her
harte manegerleie wer,
2815 swert grellen glavenien;
ob du wilt gedien,
so halt gespannen und gezogen
armbrust vil unde bogen.
laz dise riten, jene gen,
2820 heiz dise rennen, jene sten,
tu dise halden, jene varn.
dine spise saltu wol bewarn.
wen dine spitze wirt bericht,
so habe jo da bie geschicht
2825 turne hulzin unde ho,
dar uf gewapent schützen jo.
den dinen gip jo guten trost.
sprich 'stelt uch wol, ir wert
irlost',
sus wirt von diner gute
2830 creftic ir gemute.
die spitze schicke als ich sage,
ob du den sic wil bejage.
din volc laz zu der rechten
hant
dem swertvechten sie bekant,

2760 sätzig myl *b*   62 unde in die *a*   64 Leb rauttes *b*   67 stryt *b*
69 selber *b* 72 solt dz *b*   75 yeglicher *b*   76 andere *a* werd *b*   81 lang *b*
82 biz *fehlt a* hoffnung *b*   84 beuecht *b*   85 du *fehlt a*   86 macht *b*
89 gelobte *b*   90 in eren *b*   92 tust ain *b*   94 hab ouch *b*   95 Wber
dinen vinde *b*   96 *fehlt b*   2801 und] dine *a* vnd dein *b*   3 berge l. nach *b*
6 wen es *b*   8 Ebenhouch *b*   9 Busunen schalmyen *b*   10 da *fehlt b*   11 iege-
lich *a*   12 dein er *b*   13 deim *b*   15 glefenien *b*   18 vnd vil *b*   20 rinnen *a*
22 dein speys *b* (spize, acies)   23 spise *a* die spys *b*   25 hültzen *b*   26 uff ge
gewaffent sitzen do *a*   27 Den selben *b*   28 stelett *b* stellet *a*   31 spytz
schik *b* (ordina acies)   32 wollest *a* wellest *b* (wolt?)   34 Dein swert vechtent *b*

2835 zu der linken siten ker
din volc stetlich ir wer,.....
so saltu da mitten han
volc daz mit vuere schizen kan.
daz selbe tu geludem vil,
2840 ez sal ouch vechten uber zil.
din dinc schicke jo also
daz die stat lige ho,
da du wilt behalden
unde strites walden.
2845 al umme und umme dich besich
daz nimant muge verraten dich.
daz volc troste menlich
und stelle dich gar grulich
kegen dinen widersachen,
2850 daz ir mut muze swachen,
und wende dar die spitze din
wo die viende aller swechest sin.
die viende muzen e verzagen,
e in der sic wirt abegeslagen.
2855 von erst uberwint die blodekeit
dar nach der slege hertekeit.
vorlege hie und hute da,
daz volc bie dir lege na,
daz dir zu hulfe kume jo
2860 ob dich die not twinget ho.
dar nach (als ich sage dir)
habe manegerleie tir,
die den burgen sin genos,
ich meine die helfande gros,
2865 die zu den striten kunnen wagen
und uf in groze turme tragen.
tripliteries nent mau ez sus,
daz tir dromedarius:
daz tir ist snel unde gut
2870 wem zu der vlucht stet der mut.
salt aber du ersturmen hie
die in den vesten sint kegen die,

so nim einen meister cluc
der hantwerkis kunne gnuc;
2875 beide houwen unde sniden,
ebenhoen unde bliden,
und waz sulches dinges si
daz laz dir allez wesen bi.
in etlicher wile
2880 habe gelupte pfile.
mit listlichem gestifte
daz wazzer in vergifte,
daz sie schepfen unde holn,
so muzen sie kummer doln.
2885 wen die viende beginnen vlien,
so saltu dir wol geschien,
dir sie nach in nicht zu gach.
dine viende listlich ummevach.
bis stete in dinem mute,
2890 daz kumet dir zu gute.
din sin sie scharf und besniten,
nach iegliches volkes siten
saltu kegen im gebaren
ob du dich wilt bewaren.
2895 verretnis ist nicht schande.
zu India in dem lande
si setzen dar nach al ir leben,
wie sie mugen ummegeben
mit verborgener list
2900 ir viende in aller vrist.
Perse sich haben des behut,
sie tragen harte kunen mut,
werlich sie sich bereiten
und irre viende beiten.
2905 wiltu aber rechte wegen
wen du strites sulles pflegen,
die kunst von den sternen
saltu wislich lernen.
du salt nicht strite wonen bi,
2910 wen der mand arcwillic si;

2836 stetlichen *b* (vuzvolc? genus lanceatorum) 38 (genus mittentium faces ardentes) 39 selb tü geludenüs *b* 40 uberzil *a* ubers zil *b* 43 bezelten *b* 44 Vnd dez st. welten *b* 45—46 *fehlen*, 48 *vor* 47 *b* 47 tröst manlich *b* 48 gar frömelich *b* 50 begynne *b* 51 wende *fehlt*, spyse *b* 52 fynd — schwechste *b* 53 e *fehlt b* 54 Den der sige *b* 57 Vur lege *a* Vor lige — hüte doch *b* 58 lige nach *b* 59 hilfe *b* 62 Hab mancher lay tier *b* 63 bergen *b* 64 main die olephanten *b* 65 dem strytte kummen *b* 66 turn uff in *b* 67 Trypiltoris *b* nennet *a* 71 Wiltu sie alle erst. *b* 72 in der v. gegen dir sye *b* 76 Eben houch *b* 80 Hab *b* 81 lichteglychem geschifte *b* 84 muzzen *a* 85 vliehen *a* fliechen *b* 86 geschiehen *b* gesihen *a* 88 Dein feind listeglichen *b* 89 stätt — deim *b* 93 gebarn: bewarn *b* 95 Vor verretery *b* 97 al *fehlt b* 2901 Persye haben sich dz *b* 2 hart *b* 4 vind *b* 5 wenen *b* 6 sullest jenchen *b* 8 flysslich *b* 9 stritten nicht *b* 10 machen *b*

wen er aber stet alsus
daz man sihet Mercurius
mit gutlichem aneblic,
so kumt von himele der sic.
2915 der mand es sus unde also,
diz ist den leien al zu ho.
dar umme wer ez nicht enkan,
der vrages einen clugen man,
der zu der selben himelkunst
2920 gepflichtet hat mit ganzer gunst.
Under andern dingen ist ein
dinc,
dar an du nicht salt wesen linc.
wer von uzern dingen
sich selbe kan betwingen
2925 und sine sele scheiden
von schaden und von leiden
und sinem vleische angesigen,
der wirt also ho gedigen
daz sin sin gelutert wirt
2930 so daz er nuwe kunst gebirt.
wolde mich imant vragen
um die wissagen,
wo von sie daz han ersehen
daz er nach sal geschehen,
2935 ez quam von des sinnes luter-
keit,
da von siz kunt han geseit;
ouch half dar zu der sterne
craft
in der zit, do sie wurdn geschaft.
ich spreche die useren gelit
2940 sagen wie der meusche sie gesit.
wer die kunst rechtliche kan
der erkennet ein ieglichen man.
hie vor in alden jaren,
do vil meister waren,
2945 nach dirre kunst man strebte.
do Ipocras noch lebte,

sine schulere wilde
entworfen wol sin bilde
unde trugen ez zu hant
2950 zu einem meister der was ge-
nant
Philemon: der schire sprach,
do er daz bilde ubersach
'dirre ist ein unkuscher,
unde ein recht verkerer'.
2955 die schuler mochtens nicht ver-
tragen
si wolden in do han irslagen.
sie sprachen em do hertlich zu
'ach du armer tore du,
du bist tump und wilde.
2960 ja ist diz selbe bilde
des tursten und des besten.
wiltu den tugende enkesten?'
Philemon was vridelich
unde antwurte in gar gutlich
2965 'diz bilde ist Ipocratis.
waz wolt ir mines ratis?
ich sage uch als mich hat be-
ducht
und mich min kunst hat er-
lucht.'
die schuler des nicht lisen,
2970 do sie dise rede bestisen
sie sagtens harte drate
irm meister Ipocrate.
Ipocras sprach mit der vart
'Philemon hat nicht gespart
2975 die warheit hat er uch geseit,
wen an mich schande ist geleit
von naturlicher geschicht,
doch habe ich ir begangen nicht.
min vernumft hat mich gezogen
2980 daz ich den schanden bin en-
pflogen.

waz ist wisheit anders me,
wen daz man unverwunden ste
von laster und von unkust
und angesige des vleisches
  lust?
2985 an des libes getene
ist harte gut zu sehne
wie imant gesitet sie.
doch saltu wissen al da bie
manec man zu tugenden ist
  geschict,
2990 den doch die schande vil be-
  strict:
daz macht im sin vrier mut,
daz bose kust er vur daz gut.
die art zu crankeit neiget,
der man doch nicht erzeiget.
2995 der mensch hat vrien willen,
des mac er wol gestillen
des vleisches anevechten,
volget er dem rechten.
  Durch der gelarten ere
3000 wil ich nicht vurbas mere
dirre kunst beduten
ungelarten luten,
sie sal bie den gelarten sten,
die mite kunnen umme gen.
3005 ich nam durch lust minen
  mut
daz ich dises buches vlut
ein teil uzzepfen wolde,
daz ich sie gebe zu solde
allen edelen vursten,
3010 die sich lazen dursten
nach tugenden und nach guten
  siten.
nu wil ich einer bete biten
al die diz horen unde sehen,
daz sie mir des besten jehen.

3015 allen haz suln sie vermiden
unde mine wort besniden,
ob sie an ichte sin unslecht
unde nicht geordent recht.
hat ez iemant bedutet baz,
3020 der sal mir tragen keinen haz:
min gruz si im unversaget,
wan er hat grosen danc bejaget.
der nicht durch rum noch durch
  gift
icht nuwes macht unde stift
3025 sunder durch rechte lere,
dem gebe man pris und ere.
diz buch ich alles uberwarf;
waz minen sinnen was zu scharf
und der vernumft zu wilde,
3030 daz was nicht unbilde
daz ich daz allez uberschreit
und sine swere gar vermeit.
durch des sinnes ubunge
brachte ich in dutsche zunge
3035 waz einem vursten zugehort,
der siner eren nicht zustort
die ein vurste haben sal:
sine rittere uberal
bliben wol bie rechte
3040 und alle sine knechte,
kouflute und ouch der ackerman
bliben wol bie genaden stan;
stift der vurste selbe unrecht,
so roubet ritter unde knecht,
3045 kouflute werdn beswerit
die gebure gar verherit
da von vertirbt ein ganzis lant,
zu lest der vurste wirt geschant.
diz rate ich edelen herren vri:
3050 lat uch diz buch wesen bi
und volget siner lere.
nicht wil ich reden mere.

  2981 mit *b* 82 vnferwonnen stet *b* 85 getende *ab* 86 sehende *ab*
.87 gesytig *b* 89 tugent — geschicket *b* 90 vil schande bestricket *b* 92 küset *b*
99 gelerten *b, so auch im ff.* 3004 do mit kunden *b* 5 CH *a* 6 dz
selben *b* 7 ussz schöppfen *b* 8 es *b* 11 tugent *b* 12 einer beten
(biten *fehlt*) *a* 13 buch gesenchen *b* 14 das beste *b* 15 sullen *ab* 16 mein *b*
17 icht sie *b* 19 ez ouch *a* 21 vnfersait: berayt *b* 23 Der mich *a* 27 Dich *a*
aller *b* 28 meim *b* sinne *a* 29 waz zü *b* 30 nich *a* 32 scin schwer *b*
34 es ich in tütsch *b* 35 gehöret: störet *b* 37 Wen ain furst ist als er sal *b*
38 Sein ritter *b* 40 sein knecht (:recht) *b* 41 die *a* 43 Stiftett der
fürst selber *b* 45 werden *a* Koflut werdent so beswert *b* 46 gebur *a* geburen —
verheret *b* 47 vertirbet *ab* gancz *b* 48 fürst *b* 50 dz *b*

an dem hoesten hub ich an,
da laze ouch ich die rede stan.
3055   Got vater in den himeln ho,
ich danke dir diner gabe jo.
got sun, des selben vater wort,
ich sage dir danc um dinen
      hort.
got heileger geist, dir sie ouch
      danc.
3060 ich danke ir die din schin
      beswanc,
der reinen mait Marien.

danc wil ich immer schrien
des himels massenien,
daz sie mich sunden vrien
3065 und an tugenden wien,
daz sich min muz verzien
des tuvels ungedien.
Got, drinaldic eine,
Maria, muter reine,
3070 nim alle din gemeine
hin uf des himels steine,
daz uns der vient icht entreine
nach unsers todes weine. amen.

3054 lausz ich *b*   55 himel *b*   56 dank *b*   58 sag *b*   60 dinen *ab*
63 massenie: vrie *a*   65 wihen *a*   66 muze verzihen *a*   70 dine *a*   72 nicht *b*
untreine *a*